IL MISTERO DELLA PIRAMIDE

CAPITOLO 1

«Alessandro, aiuta subito tua padre e tua sorella a disfare le valigie!»

Quando sua mamma lo chiamava "Alessandro" allora sì che c'era da spaventarsi. Effettivamente aveva fatto esattamente quello che i suoi genitori gli avevano chiesto di non fare: intrattenersi a parlare con sconosciuti appena incontrati all'hotel. L'inserviente non aveva nemmeno fatto in tempo a portare tutti i loro bagagli nella loro stanza numero 621, che Alex aveva già fatto il giro della hall dell'imponente hotel, fermandosi a conversare con le donne delle pulizie come se le conoscesse da una vita.

Alex sbuffò, obbedendo a sua madre: aprì la propria valigia sul bel letto profumato e ben rifatto, e iniziò a tirare fuori vestiti, prodotti da bagno e quelli che suo padre chiamava "aggeggi tecnologici di ultima generazione".

In realtà, quegli "aggeggi" altro non erano che l'ultimo modello di pc uscito sul mercato, un tablet, un paio di airpods e uno smartphone, anch'esso appena sbarcato sul mercato. Sua madre e suo padre gli avevano chiesto che cosa pensasse di farci con tutti quegli apparecchi tecnologici in Egitto, dato che avrebbero passato la maggior parte del tempo a fare escursioni, spaparanzati in piscina o al ristorante dell'hotel. Alex lo aveva spiegato loro mille volte ma sembravano non capirlo mai: senza quegli "aggeggi" era perduto, finito. Non riusciva a vivere senza sbloccare la schermata del suo smartphone e controllare cosa stesse succedendo nel mondo, o banalmente di cosa parlassero i suoi quindici amici sulle chat di gruppo dei suoi videogames preferiti. Così come non riusciva a vivere senza ascoltare la musica dalle sue amate airpods, o senza portarsi avanti con le puntate in estemporanea della venti serie tv, che stava seguendo tutte insieme.

Era letteralmente "dipendente" dalla tecnologia, come dicevano tutti. Senza contare che qualsiasi serie tv seguisse, era rigorosamente di genere fantasy, soprannaturale o futuristica. Questo faceva di lui un vero e proprio "nerd" a tutti gli effetti, ed Alex era fierissimo di esserlo. E poi, cosa avevano da lamentarsi i suoi genitori? D'altronde, anche sua sorella si era portata dietro il cellulare e il pc! Ah, giusto, per non farsi mancare nulla, Alex era anche soprannominato dai suoi genitori e dai suoi amici come "genio dei codici". Non era mica un hacker, no! I suoi genitori esageravano sempre. Era semplicemente molto bravo con le password e i codici.

Sia chiaro, Alex non è che non avesse voglia di andare in vacanza una settimana in Egitto, tutt'altro: era entusiasta all'idea di fare nuove amicizie, di condividere le sue passioni con gente nuova, e anche di esplorare un paese che non conosceva, doveva ammetterlo. Tuttavia, essere lontano da quello che era il suo mondo e non poter trascorrere la maggior parte del giorno davanti ad uno schermo come amava fare, un po' lo atterriva. Quando finì di sistemare tutto nella sua camera (fortunatamente lui e la sua sorella maggiore avevano due camere divise) tirò un sospiro di sollievo e decise di uscire un po' per esplorare l'hotel. Così, si affacciò alla camera di Ginevra e la trovò sdraiata comodamente sul letto, intenta a rispondere a qualche messaggio sul cellulare.
Sua sorella si accorse di lui e lo degnò di uno sguardo scocciato. «Che vuoi?» gli domandò. Ginevra era in quella fase difficile che tutti chiamavano "adolescenza", per questo gli rispondeva

sempre scocciata e scostante. O, almeno, così gli avevano detto, lui mica ne capiva di donne.

«Vieni a fare un giro con me?» le domandò facendole gli occhi dolci. Alex era cosciente di avere un certo ascendente sulle persone quando faceva quello sguardo da cucciolo, lo dimostrava il fatto che i suoi genitori smettevano improvvisamente di essere arrabbiati ogni volta che faceva quella faccia.

«A fare cosa? Non devi restare in camera a guardarti quelle tue serie tv da sfigati?» rispose lei.

«Dai! Mamma e papà vogliono dormire un po' per riprendersi dal viaggio in aereo. Possiamo approfittarne per farci un giro e fare amicizia, che ne dici?»

«Dove la trovi tutta questa voglia di fare amicizia ogni volta? Io non intendo stringere amicizie».

«Certo che sei proprio impossibile!» esclamò il ragazzino avvicinandosi a passo di marcia, prendendole il cellulare dalle mani e gettandoglielo ai piedi del letto. «Se non mi accompagnerai andrò da solo. E se dovesse succedermi qualcosa di brutto mi avrai sempre sulla coscienza».

Quell'ultima frase sembrò avere finalmente l'effetto sperato su Ginevra, in quanto la ragazza sbuffò e si alzò in piedi. «E va bene! Ma solo una mezz'ora, poi torniamo in camera, intesi?»

«Sarah, ci pensi tu a far fare il check-in ai prossimi clienti? Io devo occuparmi di queste scartoffie» le domandò suo padre, da dietro il bancone del sofisticato hotel di lusso "Il nido di Cleopatra".

La ragazzina sbuffò scocciata, disponendosi dietro al bancone e aspettando che entrassero i prossimi clienti.

Sarah oramai era abituata a quell'hotel, era come la sua seconda casa, specialmente d'estate: c'era così tanto lavoro da fare, che suo padre spesso le chiedeva una mano, per non lasciarla sempre sola a casa.

Non le dispiaceva che suo padre fosse il proprietario di quell'immenso e famoso hotel di lusso in Egitto. Come poteva dispiacerle? D'altronde, se suo padre non avesse posseduto quell'hotel, lei non avrebbe vissuto in una bella villa a tre piani nella zona più turistica dell'Egitto, piena di agiatezze. Sapeva bene di essere fortunata. Era persino figlia unica, perciò suo padre la trattava letteralmente come la principessina di casa.

Sua madre, invece, era sempre in viaggio per lavoro, e non si faceva vedere mai, ma a Sarah non mancava più di tanto. Eppure, nonostante la bella vita che conduceva, ogni volta per lei era una noia mortale dover aiutare suo padre a gestire la burocrazia dell'hotel in quelle intense settimane estive. Dalle altissime porte a vetro non facevano altro che entrare persone provenienti da tutti i continenti: Europa, America, Africa, Asia, Oceania. Donne, uomini, bambini, famiglie dai tratti completamente diversi tra loro. Suo padre le ripeteva sempre che era una fortuna che il loro hotel fosse così gettonato da clienti provenienti da ogni angolo del pianeta, ma Sarah non riusciva comunque a vedere il lato positivo di tutto ciò. Lei non faceva amicizia, non aveva voglia di fare amicizia. Tutte le persone con cui provava a stringere amicizia erano stupide, povere o estremamente diverse da lei. Spesso, molte sue presunte "amiche" avevano avuto il coraggio di chiamarla "altezzosa". Ma come si permettevano? Per questo Sarah non aveva amiche, e non le interessava neanche averne. Stava benissimo da sola.

Improvvisamente, la ragazzina notò un ragazzo suo coetaneo, di undici o dodici anni, che gironzolava come una trottola, importunando i clienti appena arrivati o gli inservienti che cercavano di fare il loro lavoro. Lo strano piantagrane era seguito da una ragazza più grande, che cercava di fermarlo e di dirgli di stare al suo posto. Chi accidenti era quello strano tipo? Se avesse continuato ad infastidire i clienti con le sue chiacchiere fastidiose, Sarah avrebbe dovuto chiamare suo padre o, peggio, rivolgersi alla sicurezza.

«Ehi tu!» lo chiamò stizzita, uscendo da dietro il bancone e marciando verso di lui arrabbiata. «Che cosa credi di fare, eh?? Non puoi parlare così con gli sconosciuti! I clienti non vogliono mica star a sentire te!» sbraitò non appena gli fu vicina, attirando l'attenzione del ragazzino, della ragazza al suo fianco, e anche dei clienti con cui stava parlando.

A ciò, si voltarono tutti a guardarla, ammutolendo. A quanto pare, forse Sarah aveva frainteso: le persone con cui stava parlando il ragazzo, nonché una coppia di anziani vecchietti, sembravano gradire la compagnia di quel chiacchierone, tanto che la guardarono male, come se li avesse interrotti sul più bello. Improvvisamente, si sentì lievemente mortificata e imbarazzata per la figuraccia.

Intanto, il ragazzino la guardò con due occhioni tondi, grandi e azzurri come il cielo. «Mi dispiace...! Non pensavo di disturbare, chiedo scusa! Tu chi saresti? Tipo una guardia del corpo freelance?» le domandò, lasciandola sconvolta.

«Ti sembro mica una guardia del corpo?!»

«Ehi tu, ragazzina, non parlare così a mio fratello, ok?» intervenne immediatamente la ragazza più grande. Si vedeva che erano fratello e sorella, pensò Sarah, in quanto si somigliavano: lei aveva degli occhioni grandi e azzurri, il volto tondo pieno di lentiggini arancioni, e un cespuglio di capelli

ricci dello stesso colore, tra il rosso e l'arancione. Le uniche differenze erano che fosse più alta e visibilmente più grande.
«Non c'è bisogno di essere aggressivi, Ginevra» le disse il ragazzino, difendendo Sarah stranamente.
«Questa piccola viziata deve imparare le buone maniere, Alex» rispose a tono la ragazza.
«Avanti, smettila di fare la scontrosa!» la placò lui, poi voltandosi di nuovo verso Sarah. «Come ti chiami? Io sono Alex! Sei per caso tipo la proprietaria dell'hotel? Per questo sei così attenta alla sicurezza dei clienti?»
Sarah venne invasa da quella valanga di domande e dovette riflettere un secondo per rispondere a tutte. Non era abituata a tutta quella esuberanza. «Io mi chiamo Sarah. Mio padre è il proprietario dell'hotel. Io lo sto aiutando» rispose, cercando di mettere da parte la sua diffidenza.
Quel ragazzo sorrideva troppo, era troppo estroverso, troppo felice, troppo espansivo! Non capiva se gli dava i nervi o la destabilizzava e basta.
«Beh, nel caso non lo sapessi, anche io sono un cliente del tuo hotel, sai? Sono in vacanza qui con la mia famiglia, per una settimana! Se tu conosci bene l'Egitto potresti farmi da guida, che ne dici??»

Sam aprì gli occhi di scatto, ansimando spaventato.

Di nuovo quello strano, indecifrabile incubo che gli toglieva il sonno.

Il ragazzino si tolse le cuffie dalle orecchie e si asciugò il sudore dalla fronte, cercando di riprendere fiato. Ripensò, inevitabilmente, a quelle strane creature dalle sembianze non umane. Nei sogni non riusciva mai a capire come fossero fatti davvero, in quanto erano sempre avvolti da ombre, da fumi strani o da potentissimi fasci di luce. Tutto ciò che era riuscito a scorgere di loro, era che fossero alti, immensamente alti, quasi giganteschi. Venivano dal cielo, ogni volta. Oramai lo aveva capito, si era convinto fossero alieni. Ma per quale motivo da qualche giorno stava sognando solo gli alieni? Cosa stava succedendo alla sua mente? Lui non aveva mai creduto agli ufo, o ad altre forme di vita in generale, da qualche parte nell'universo.

Sam si riscosse da quei pensieri, capendo che il suo aereo stesse finalmente atterrando. Nove ore di volo erano tante, e il peso del fuso orario presto si sarebbe fatto sentire. Raccolse dal sedile tutti i libri che gli avevano tenuto compagnia durante il viaggio (per lo meno prima che si addormentasse), si slacciò

la cintura e si diresse verso l'uscita dell'areo, insieme agli altri passeggeri.
L'Egitto era caldo, di quei caldi afosi che ti paralizzano le ossa, ed era anche piena estate, come se non bastasse. Sam sbuffò, iniziando già a farsi aria con la mano, mentre scendeva la scalinata che lo avrebbe condotto a terra.
Quando i suoi piedi toccarono finalmente il cemento, la prima che incontrò fu sua sorella, che in aereo era seduta due file dietro di lui. «Ehi, Sammy, cos'è quel faccino? Di nuovo brutti sogni?» gli domandò lei, con sguardo preoccupato. Fie aveva sei anni più di lui, era una ragazza di diciotto anni socievole, allegra e sempre con una parola buona per tutti. Diciamo che, se Fie era una luminosa giornata soleggiata, Sam era invece una notte senza luna, in famiglia: lei era costantemente radiosa e solare, mentre Sam era spesso malinconico, freddo, spento e introverso. Difatti, neanche fisicamente si somigliavano affatto: Fie aveva preso i capelli castani, il sorriso contagioso e gli occhi grigi del loro papà; mentre Sam aveva ereditato tutti i colori e i lineamenti della mamma. Eppure, nonostante la diversità, Fie era sempre stata il suo angelo custode, la sua spalla, la sua roccia su cui contare: lo proteggeva da tutto e da chiunque, gli era accanto e si interessava sempre di come stesse. Non a caso, era stata l'unica ad accorgersi dei suoi frequenti incubi.

Per tale ragione sua sorella Fie era la sola di cui potesse davvero fidarsi. Lei e i suoi amati libri. Non aveva bisogno di altro.
«Si vede così tanto?» le domandò sforzandosi di sorriderle, di sembrare normale, meno stanco e provato.
A ciò, Fie gli porse la propria trousse di trucchi con lo specchietto dentro, invitandolo a guardarsi.

Sam aprì la piccola trousse e si osservò allo specchio: la sua pelle chiarissima era di un bianco quasi cadaverico, i suoi occhi chiari e verdi erano stanchi e contornati da occhiaie viola, mentre i suoi folti capelli biondo cenere erano talmente scompigliati da far sembrare che gli fosse passato sopra un camion. Sì, non sarebbe passato sicuramente inosservato di fianco agli abitanti del posto, belli freschi, abbronzati e pieni di vita. Le ridò la trousse e accettò il suo braccio nudo intorno alle sue spalle, lasciandosi trascinare dentro l'aeroporto per recuperare i bagagli insieme ai loro genitori.
Dopo trenta minuti di taxi, Sam, Fie e i loro genitori raggiunsero il noto hotel a cinque stelle "Il nido di Cleopatra", dove avrebbero alloggiato per dieci giorni di vacanza.
I quattro uscirono dal taxi e si guardarono intorno sorpresi: tutto lì intorno ispirava lusso, dall'enorme piscina che faceva capolino a distanza, al viale alberato che guidava la clientela verso l'entrata.

«Karl, tesoro, hai visto che meraviglia?? Questo hotel che ci ha consigliato il tuo amico è davvero spettacolare come ce lo aveva descritto!» esclamò la mamma, emozionata, la quale si voltò a guardare anche i suoi figli. «Ci divertiremo un mondo qui, ragazzi, vedrete!» li rassicurò, poi notando lo sguardo distante e stanco del più piccolo dei suoi figli. «Me lo fai un sorrisino, Sam?» lo pregò. A ciò, Sam la accontentò e si mostrò contento. In realtà, era davvero sorpreso dalla bellezza di quell'hotel in cui avrebbero vissuto dieci giorni. Tuttavia, tutta quella folla di persone lo metteva a disagio. Lui era sempre stato abituato a stare solo, a leggere in tranquillità i suoi libri. Odiava essere osservato, giudicato, persino toccato a volte. L'unica nota positiva in tutto ciò (nonché l'unico motivo per cui aveva accettato di partecipare a quella vacanza) era che fossero proprio in Egitto.
Sam conosceva qualsiasi cosa sull'egittologia, davvero qualsiasi.

Amava la storia egizia, che era in assoluto il suo periodo storico preferito. Era andato a qualsiasi museo egizio e mostra sul tema, aveva letto tutti i libri su ogni dinastia faraonica che aveva trovato, aveva persino partecipato a degli incontri di appassionati online. Era una vera e propria ossessione la sua, e non sapeva neppure spiegarsene bene il perché. Amava i loro usi e costumi certo, era attirato inevitabilmente dalla loro intelligenza sovrumana, ma... quella fissazione non era mica normale, no? Glielo dicevano tutti, compresi i suoi genitori, che non era una fissa normale. L'unica che non disquisiva sulla faccenda era sua sorella.

Sebbene non approvassero la sua ossessione, i suoi genitori avevano comunque deciso di accontentarlo e di portarlo finalmente a visitare il suo amato Egitto, per la prima volta in vita sua (lo avevano fatto più perché volevano alloggiare nel lussuoso hotel consigliato dal loro amico, ma questi erano dettagli).

Per tale ragione Sam non avrebbe potuto rinchiudersi in camera a leggere come il suo istinto gli diceva di fare, no. Avrebbe dovuto visitare tutto il visitabile e fare escursioni su quella splendida terra dalla mattina alla sera.

Altro che piscine, relax e ristoranti sotto le stelle. Lui era lì per esplorare, per esplorare e leggere. Null'altro.

Quando l'inserviente recuperò tutte le loro valigie dal taxi, Sam si avviò con la sua famiglia verso l'entrata a vetri dell'imponente hotel.

Ma nel momento in cui varcò la porta, Sam non ebbe neanche il tempo di capire cosa stesse succedendo: l'unica cosa che la sua mente registrò furono un ragazzino e una ragazzina della sua età che discutevano all'entrata e il braccio di lei che,

involontariamente, si scagliava su di sé, facendolo cadere a terra, all'indietro. Sam sbatté il didietro sulle mattonelle con violenza e percepì una sostanza vischiosa colargli dal naso.
«Oh no!! Sarah, guarda che hai fatto! Lo hai colpito così forte da fargli uscire il sangue dal naso!» esclamò a distanza il ragazzino, fiondandosi subito ad aiutarlo.

A ciò, la ragazzina che lo aveva colpito per sbaglio nel fomento della conversazione, guardò la propria mano ancora in aria, e si rese conto di cosa era successo. Anche lei si sedette accanto a Sam, ancora steso a terra, un po' scosso e con il naso sanguinante.
«Non l'ho visto entrare!» si giustificò lei, poi rivolgendosi al biondo: «Scusa, mi dispiace di averti colpito. Stai bene?»
«Non è niente...» disse Sam toccandosi il sangue che continuava a colargli dal naso con le dita.
«Fortunatamente mamma e papà sono già andati a fare il check-in e non hanno visto niente, altrimenti si sarebbero arrabbiati...» commentò Fie, restando qualche metro distante, ma continuando a guardare il suo fratellino che veniva soccorso dai due strani ragazzini pestiferi. Fie si voltò e notò la presenza di una ragazza che doveva avere grossomodo la sua età, forse diciassette o diciotto anni. «Ehi! Sei la sorella del ragazzino che sta soccorrendo mio fratello? Vi somigliate, sai?» le domandò,

provando subito a fare amicizia con lei, sfoderando il suo sorriso gioviale e contagioso.

«Il povero malcapitato è tuo fratello, quindi? Tu e lui non vi somigliate per niente, invece» constatò la rossa, voltandosi a guardarla, un po' timida e un po' diffidente.

Ma Fie non si lasciò scoraggiare dal suo atteggiamento e sorrise ancora. «Che coincidenza! Abbiamo la stessa età, e abbiamo entrambi due fratellini maschi coetanei! Anche voi siete qui in vacanza?»

E mentre Fie e Ginevra facevano amicizia lì di fianco, Alex e Sarah chiedevano a Sam se riuscisse ad alzarsi in piedi.

«Sto bene, riesco ad alzarmi, non vi preoccupate» disse lui, provando a mettersi in piedi mentre si reggeva ad entrambi.

«Forse è meglio se vado a prendergli un fazzoletto per asciugarsi il sangue dal naso» disse Alex.

«Sì, bravo, vai» lo spronò Sarah.

Ma non appena Alex lasciò la presa dal braccio di Sam, quest'ultimo avvertì uno strano giramento di testa e, d'improvviso, non vide più nulla.

Davanti ai suoi occhi era tutto nero.

Sam aprì lentamente gli occhi, ritrovandosi improvvisamente disteso in un lettino bianco, in una sorta di infermeria.

I primi visi che trovò accanto a sé erano dei volti stranamente conosciuti: il primo era un ragazzino suo coetaneo, aveva una zazzera di capelli color carota, due grandi occhi azzurri e il volto cosparso di lentiggini arancioni anch'esse; mentre la seconda era una ragazzina, anche lei sua coetanea, con la pelle scura come il cioccolato, lunghi ricci afro scurissimi e due occhi grandi e neri. Erano i ragazzini che lo avevano soccorso dopo averlo fatto cadere e sbattere a terra. Ora ricordava: lei lo aveva colpito per sbaglio mentre litigava con l'altro, lui era caduto e aveva iniziato a sanguinare dal naso. Gli vennero in mente sprazzi di conversazioni confuse con loro e un grande giramento di testa. Poi il buio più totale.

«Dove sono...?» sussurrò Sam, riprendendo contatto con la propria voce e con l'ambiente circostante.
«Ti sei svegliato finalmente!» esclamò felice e sollevato il ragazzino dai capelli rossi, avvicinandoglisi, prendendosi un po' troppa confidenza per i gusti di Sam.
«Ti ricordi quello che è successo, vero?» gli domandò la ragazzina, facendogli spostare l'attenzione su di lei. Sembrava mortificata e, forse, anche combattuta. Sam pensò che non fosse abituata a sentirsi in colpa per qualcosa o qualcuno, da come stava reagendo, come se le costasse fatica scusarsi.

«Sì, lo ricordo. Mi hai colpito in faccia e sono caduto» rispose Sam.

«Beh, riguardo a quello... volevo chiederti scusa, di nuovo. Non l'ho fatto apposta, ok? Ora stai bene?» gli disse lei, abbassando il bel viso a terra.

«Non preoccuparti. Sì, sto bene, ma... dove sono?» domandò il biondo alzando un po' la schiena dal lettino.

«Sei nell'infermeria dell'hotel! Hai perso troppo sangue dal naso, e quindi sei svenuto» rispose l'altro.

«Mio padre è il proprietario, conosco questo hotel come le mie tasche. Lo abbiamo chiamato subito appena sei svenuto, e lui ci ha detto di portarti nell'infermeria super attrezzata in cui ci troviamo. Tua sorella ti ha preso in braccio e ti ha portato qui, ora sta aspettando qua fuori che tu ti svegli» spiegò la ragazzina.

«Un'infermiera ti ha pulito dal sangue e ha fatto in modo di bloccare la fuoriuscita. A quanto pare, soffri di capillari deboli, lo sapevi? Ah, e poi ci ha detto che ti saresti svegliato a breve e di prenderti qualcosa da mangiare per rimetterti in forze appena sveglio» aggiunse il ragazzino, porgendogli uno snack al cioccolato che sembrava molto invitante.

Lo stomaco di Sam brontolò a tale vista: non mangiava nulla da più di nove ore. Non lo avrebbe mai ammesso, ma aveva così tanta fame che si sarebbe mangiato anche un rinoceronte.

Prese lo snack, lo scartò e iniziò a mangiarlo, sospirando di gusto.

«Non preoccuparti, i tuoi genitori sono stati avvertiti da mio padre e da tua sorella, sono stati rassicurati che stessi bene e ti stanno aspettando in camera. Dovremmo avvertire tua sorella che è qua fuori che ti sei svegliato, a proposito» concluse la ragazzina.

«Comunque sei sicuro di star bene?» gli domandò l'altro.

«Sì, infatti, sembri malato».

Quell'interrogatorio gli stava facendo venire il mal di testa. Si riappoggiò al cuscino del lettino mentre masticava e si toccò il naso con la mano, rendendosi conto solo in quel momento di avere dell'ovatta conficcata dentro una narice. Se la tolse, notando che fosse ovviamente macchiata di sangue secco. Disgustoso. Almeno il suo naso non sanguinava più. Buttò l'ovatta nel cestino lì di fianco e guardò di nuovo i due. «Vi ringrazio di avermi soccorso, ragazzi, davvero, non c'era bisogno che vi preoccupaste per me. D'altronde, è stato solo un incidente, non è colpa vostra».

«Non dire sciocchezze, ci ha fatto piacere soccorrerti! E poi, in questo modo siamo riusciti a fare amicizia, no?? A proposito, io sono Alessandro, ma puoi chiamarmi Alex!» esclamò il rosso avvicinandosi nuovamente troppo.

Quell'Alex non aveva proprio la concezione di spazio vitale, pensò sconsolato Sam, trattenendo a stento un sorriso divertito.
«Io invece sono Sarah. Non pensare che io sia amica di questo nerd qui di fianco. Ci siamo incontrati poco prima che ti sbattessi la mano in faccia. Infatti, in realtà è stata colpa sua se sei caduto a terra, perché è stato lui a farmi agitare con la sua parlantina snervante!» esclamò lei, fulminando con lo sguardo Alex.
«Ehi! Io ti avevo solo chiesto di farmi da guida qui in Egitto dato che tuo padre è il proprietario dell'hotel e vivi qui! Cos'ho detto di male?» si lamentò Alex, poi tornando a guardare il ragazzo steso sul lettino. «E tu come ti chiami??»
«Sono Samuel. Potete chiamarmi Sam» rispose timidamente.
«Quindi anche tu sei in vacanza qui?» domandò ad Alex.
«Sì, esatto! Resterò in Egitto una settimana! Mentre Sarah vive praticamente qui! Ehi, mi è venuta un'idea!» esclamò il rosso rivolgendosi alla mora. «Perché non fai da guida a tutti e due in questi giorni di vacanza? Prima, quando te l'ho chiesto solo io, mi hai detto di no, ma dato che ora siamo in due, e dato che ti devi far perdonare per aver ferito Sam... accetteresti??»
Quel ragazzino era un piccolo manipolatore, Sam dovette ammetterlo. Guardò Sarah riflettere, combattuta. Dunque, ci stava davvero pensando.

Sam capì subito che quella ragazzina doveva essere molto altezzosa ed egocentrica. L'aveva notato da come si atteggiava nei confronti di Alex e dal suo sguardo pregno di superiorità.

Normalmente, avrebbe odiato le persone come lei, ma in quel momento non riuscì ad infastidirsi per quell'atteggiamento: dopotutto, anche lei lo aveva soccorso, e si era persino scusata più volte per averlo colpito per sbaglio. Evidentemente, non era così menefreghista come voleva far apparire, quindi.

«E va bene! Vi farò da guida! Ma solo per farmi perdonare per averlo colpito» decise, indicando Sam.

In tutto ciò, quest'ultimo non aveva ancora dato il proprio consenso.

Come ci era finito in mezzo a quel pazzo trio, lui che odiava le amicizie e i contatti fisici?

«A te va bene??» Alex si degnò di chiederglielo.

«Sì... credo di sì» accettò, e non seppe neanche lui perché. Non fece in tempo a finire la frase che si ritrovò abbracciato da un esuberante Alex, che gongolava felice. «Allora facciamo così: tu ora vai in camera dai tuoi genitori, ti riposi un po' e li rassicuri dato che saranno preoccupati; mentre noi due andiamo a recuperare un po' di cose per la nostra escursione; e poi, tra un'ora, ci ritroviamo tutti e tre nell'atrio principale dell'hotel,

per metterci in marcia guidati dalla nostra Sarah!» iniziò subito ad organizzare Alex.
«Ma tu decidi sempre tutto da solo senza consultare gli altri??» si lamentò Sarah sbuffando, ma era palese che anche lei non vedesse l'ora di fuggire via da quell'hotel per fare qualcosa di nuovo.
«Va bene, rimaniamo d'accordo così: tra un'ora nell'atrio» acconsentì Sam, alzandosi dal lettino.
Quello snack al cioccolato gli aveva ridato le forze, ed ora non gli girava più la testa. Uscì dall'infermeria e incontrò la povera Fie, seduta su una sedia, in attesa, mentre occupava il tempo giocando al cellulare.
«Ehi, Fie» la richiamò, vedendola sgranare gli occhi grigi e corrergli incontro preoccupata.
«Stai bene?» gli domandò alzandogli il viso. «Guai a te se stai ancora così tanto senza mangiare, e se ti fai colpire di nuovo da ragazzine troppo vivaci!»
«Ma è stato un incidente!» esclamò Sam, vedendola ridere, così rise anche lui, e si lasciò condurre verso la loro stanza, la 772.
Come concordato, dopo un'ora esatta, si ritrovarono tutti e tre sull'atrio, zainetti in spalla, pantaloncini corti e scarponcini da escursione.

Sarah, che doveva sempre mantenere la sua reputazione da ragazza ricca, si presentò con pantaloncini e zainetto firmati, quest'ultimo pieno di brillantini.

«Con quello addosso, se casomai dovessimo entrare in un luogo senza farci vedere, ti vedrebbero anche in America!» osservò Alex, venendo di nuovo fulminato da Sarah.

«Beh, allora siete pronti, novellini?» domandò la ragazzina.

«Prontissimi!» esclamò Alex.

«Andiamo» confermò Sam.

CAPITOLO 2

Giza era una città grande, afosa e piena, pienissima di turisti. Alex e Sam se ne resero conto subito mentre si guardava intorno sorpresi, come due bambini che scoprono un mondo nuovo. Sarah li guardava sorridendo di sottecchi. Avevano camminato tantissimo e presto si sarebbe fatta sera. Se non fossero tornati all'hotel prima di cena i loro genitori li avrebbero fritti.

«Dov'è che ci stai portando esattamente, Sarah?» domandò Alex.

«Beh, non è ovvio? A vedere le piramidi» rispose lei.

«E non c'è una strada più breve per andare a vedere le piramidi?» si lamentò Alex, tirando fuori il suo smartphone e facendo un po' di foto di ciò che aveva intorno.

«Non solo mi hai costretta a farvi da guida, adesso ti lamenti anche! Sei incredibile!» protestò Sarah.

«Sei sempre stato con il cellulare in mano» osservò Sam, rivolgendosi ad Alex.

«Oh, beh, sì, io non vivo senza» spiegò Alex sorridendo.

Sarah roteò gli occhi al cielo.

«Ci racconti qualcosa di storia egizia?» domandò Alex a Sarah, sporgendosi verso di lei. «Dicci qualcosa sulle piramidi che stiamo andando a vedere, almeno!»

«Cosa vuoi che ne sappia io?!» rispose lei stizzita.

«Ma come?? Tu vivi in Egitto! Non dovresti sapere qualcosa della storia egizia?»

«Il fatto che io viva in Egitto non significa che io sia egiziana, Alex» gli spiegò con ovvietà. «Vivo qui solo perché c'è l'hotel di mio padre, ma non mi sono mai interessata di storia egizia, cosa vuoi che me ne importi?»

«Ma allora non dovresti neanche farci da guida! Io voglio sapere qualcosa sulle piramidi che stiamo andando a vedere!»

«La Necropoli di Giza è un complesso di piramidi della civiltà egizia situato nella periferia occidentale del Cairo. Le tre piramidi furono costruite da tre faraoni, Cheope, suo figlio Chefren, e suo figlio Micerino, durante la quarta dinastia dell'antico Egitto» disse Sam, facendo bloccare gli altri due, i quali si voltarono a guardarlo a bocca aperta.

Il ragazzo li osservò a sua volta, come se avesse detto la cosa più scontata del mondo. Non era riuscito a trattenersi. «Che avete da guardare?» domandò loro come se nulla fosse.
«Sei entrato in modalità enciclopedia, per caso?» gli domandò Alex con gli occhi sgranati.
«Come fai a sapere tutte queste cose...?» chiese Sarah, scioccata a sua volta.
«Leggo molti libri. La storia dell'Antico Egitto è in assoluto il tema che mi interessa di più» rispose Sam, facendo spallucce e riprendendo a camminare, accorgendosi che fossero pressocché arrivati: a distanza, davanti a loro, si stagliava una delle sette meraviglie del mondo. Le piramidi erano ancora più imponenti di come Sam se le era sempre immaginate, e i suoi occhi brillarono di gioia e aspettativa, rimanendo incantati a guardarle.
Alex, a sua volta, era ammaliato da tanta meraviglia, e tirò subito fuori il suo smartphone di ultima generazione per scattare decine e decine di fotografie.
Sarah, invece, le aveva già viste centinaia di volte, quindi si divertì solamente ad osservare gli sguardi meravigliati dei suoi non-amici.
«Beh, che aspettiamo?? Andiamo, seguitemi» li incoraggiò la ragazzina, riscuotendoli.

I tre si avviarono nei pressi delle piramidi, evitando abilmente tutti i vari gruppi di turisti che si dilettavano nelle loro visite guidate.

«Possiamo vederle più da vicino??» domandò Alex, entusiasta.

«Non potremmo avvicinarci troppo, è vietato» lo ammonì Sam, sempre rispettoso delle regole.

«Io dico di avvicinarci!» insistette Alex, facendo prevalere la sua spericolatezza.

«Alex, fermo!» provò a bloccarlo Sarah, ma non servì a niente.

I due gli andarono dietro.

Alex si avvicinò tanto da riuscire a toccare con mano la superficie della piramide. Fortunatamente nessuno stava facendo caso a loro tre.

E mentre Sarah cercava di dare un freno alla curiosità di Alex, Sam si accorse di aver pestato qualcosa. Si abbassò a terra e si rese conto di avere una strana pergamena sgualcita sotto la scarpa. La aprì e si scoprì che fosse scritta in geroglifici talmente sbiaditi da non essere quasi visibili.

Doveva essere sicuramente un falso, non poteva essere vera. Se fosse stata vera si sarebbe trovata in un museo.

«Ehi, ragazzi» li richiamò, mentre i due stavano ancora discutendo. «Venite a vedere».

A ciò, Sarah e Alex si riavvicinarono e osservarono la pergamena sgualcita che il biondo aveva tra le mani.

«Cosa sarebbe?» domandò il rosso. «Sembra scritta in egizio antico. Sai leggerla?» gli domandò.
Sam lo guardò come se avesse appena sparato la più grande fesseria al mondo.
«Credi che io sia davvero un'enciclopedia? Tipo un vocabolario dell'egizio antico? Ok, che so tutto sull'Antico Egitto, ma non sono ancora capace di leggere i geroglifici».
«Proprio niente, neanche un minimo?»
«Pochissimo. So il significato di qualche geroglifico, ma nulla che mi permetta di decifrare una cosa del genere. Ad ogni modo, credo sia un falso» affermò Sam.
«In che senso un falso?» gli domandò Sarah, poco convinta.
«Nel senso che qualche stupido si è divertito a mettere insieme una manciata di geroglifici a caso su una carta da pergamena, per far credere a dei poveri sprovveduti come noi che fosse davvero una pergamena risalente a 4000 anni fa» spiegò.
«Io non credo sia un falso» disse Alex prendendo la pergamena tra le mani e osservando quei geroglifici sbiaditi. «Insomma, sembra molto, molto vecchia. Se fosse stato un falso non sarebbe stata così consunta... tu che ne pensi, Sarah?»
La ragazzina se ne era rimasta un po' in disparte, non sapendo da che parte schierarsi. Non aveva idea se quella pergamena fosse vera o meno, era indecisa sul da farsi. «Cosa ne potrei mai sapere io? Forse dovremmo portarla da un esperto, no? Così,

nel caso fosse vera, verrà consegnata ad un museo egizio e fine della storia» propose la soluzione più pragmatica e naturale.

«Sarah ha ragione» acconsentì Sam. «Per toglierci ogni dubbio possiamo portarla da un esperto che ha gli strumenti per capire se è vera o no. Ma scommetto sia falsa. Non potrei credere di star tenendo in mano una pergamena vera dell'Antico Egitto» aggiunse.

«E dove lo troviamo ora un esperto?» domandò Alex.

«In realtà io ne conoscerei uno... ma è uno svitato» disse Sarah.

«Dici davvero?? Beh, portaci da lui, allora!» esclamò Alex.

«Ma si sta quasi facendo buio...» rispose Sarah. «Forse è il caso che torniamo in hotel per stasera. Poi domani mattina andremo dall'esperto che conosco» propose ragionevolmente la ragazzina.

«No. Non possiamo tenerci questa pergamena senza sapere se sia vera o falsa» disse Sam deciso. Non aveva mai preso posizione in quel modo prima, ma, stavolta, gli sembrava la cosa giusta da fare. «Dobbiamo scoprirlo il prima possibile. Se ci sbrighiamo torneremo in hotel prima che faccia buio».

Gli altri due acconsentirono e Sarah iniziò a far loro strada.

Quel vecchio archeologo e studioso dell'Antico Egitto era emarginato dall'intera città, in quanto aveva abitudini strane, e alcuni lo avevano intravisto persino parlare da solo, a delle "presenze" sconosciute.

Il suo nome era Sadiki. Sarah sapeva dove vivesse perché un tempo, nella sua abitazione, il vecchio archeologo teneva degli incontri culturali, una sorta di "the letterari" per gli appassionati di Antico Egitto. A Sam sarebbero sicuramente piaciuti tantissimo, in quanto quel ragazzo sembrava davvero interessato a tutto ciò che riguardava gli egizi. Sarah scacciò quel pensiero, ripetendosi che a lei non poteva importare davvero nulla di cosa piacesse a uno di quei ragazzi o all'altro, in quanto non erano neanche amici e mai lo sarebbero stati. Quella "gita" improvvisata non era altro che una costrizione, un patto da dover rispettare per farsi perdonare da Sam per l'involontario cazzotto che gli aveva dato. Si voltò a guardarli e li trovò impegnati a ridere tra loro serenamente, a scherzare come se fossero davvero amici: a quanto pare Alex, con la sua esuberanza, era riuscito a penetrare nella corazza introversa di Sam e a farlo sorridere e sentire a proprio agio.

Sarah sbuffò come infastidita, anche se non lo era veramente.

Li sorpassò e si accorse di esser finalmente arrivati davanti all'umile abitazione di Sadiki.

«Ecco qui. Dopo di voi» li incoraggiò la ragazzina, sfidandoli ad andare per primi a bussare alla porta del vecchio pazzo.

Sam non se lo fece ripetere due volte e avanzò, battendo le nocche sul legno della porta.

Per i primi due minuti nessuno aprì, perciò Sam ritentò.

Nel momento in cui tutti si stavano rassegnando ad andarsene a mani vuote, la porta si aprì, rivelando la figura di un vecchio con un cespuglio di capelli grigi in testa, una vestaglia malandata come unico vestiario, e una gallina in braccio. Lo strano personaggio li squadrò tutti e tre da capo a piedi, studiandoli con i suoi occhi stralunati. Sembrava non vedesse un essere umano da giorni, se non mesi.

«Buonasera!» ruppe il ghiaccio Alex, facendosi avanti e porgendo gentilmente una mano all'uomo. Questo lo guardò sconvolto, come se non fosse proprio abituato a stringere le mani degli sconosciuti.

Sarah sentì che fosse il momento di intervenire: «Signor Sadiki, salve. Ci scusiamo per esserci presentati qui all'improvviso, ma si tratta di una questione importante».

«Oh, Sarah, sei tu! Sei sempre una ragazza dalle così buone maniere!» esclamò finalmente il vecchio, facendo voltare Sam e Alex l'uno verso l'altro sconvolti: da quando Sarah era capace di usare anche le buone maniere??

«Possiamo entrare?» domandò la ragazzina, sorridendo affabilmente al vecchio.

«Perché mai dovrei far entrare anche i tuoi due amici in casa mia?» domandò Sadiki, diffidente.

«Non siamo amici!» risposero Sam e Sarah in coro, sorprendendo Sadiki.

Alex li guardò roteando gli occhi al cielo. Quanto potevano essere ridicolmente orgogliosi quei due?

«Siamo... siamo "non-amici", ok?» disse Sarah, felice di aver trovato la definizione giusta.

«Allora... perché mai dovrei far entrare anche i tuoi due non-amici in casa mia?» si corresse scherzosamente Sadiki, accarezzando la testa della sua docile gallina.

«Perché abbiamo trovato questa» disse Sam deciso, tirando fuori la pergamena e mostrandola al vecchio.

Questo la afferrò dalle sue mani e la osservò per diversi minuti.

«Dove l'avete trovata...?» domandò dopo un po', continuando a studiare quei geroglifici sbiaditi.

«Vicino alle piramidi, sotto la sabbia. Ci aiuterà o no?» domandò Sam.

«Entrate» disse improvvisamente il vecchio, diventando serio.

I tre ragazzi entrarono in casa e si accomodarono sulle sedioline di legno che trovarono in giro. L'ambiente era piccolo, umile e odorava un po' di chiuso, ma tutto sommato non era male.

Al contrario di ciò che pensavano Sam e Alex, Sarah non si fece alcun problema nell'accomodarsi in quegli sgabellini umidi e cigolanti, nonostante fosse abituata a sedersi sempre su comode poltroncine di camoscio.
Non appena la gallina scese dalle braccia di Sadiki, Alex la prese tra le sue braccia, iniziando a coccolarla a sua volta e a farci amicizia, come se niente fosse. Difficile a credersi, ma non aveva mai visto una gallina dal vivo in tutti i suoi dodici anni di vita, in quanto viveva in città e aveva sempre tenuto la testa incollata davanti agli schermi. Non era mai stato in una fattoria, in una steppa, in una zona campagnola in generale, motivo per cui non aveva mai avuto modo di vedere dal vivo animali come galline, maiali, mucche o cavalli.
Le toccò le piume e scoprì che fossero molto morbide. Anche la gallinella sembrava trovarsi molto a suo agio con lui.
In realtà quella casa, per quanto piccola, era una sorta di mini arca di Noè: c'erano animali ovunque, tra cui tre o quattro galline, due pappagallini che svolazzavano in giro, un gufo, e persino due teche, una in cui era contenuto un serpente, e un'altra che ospitava uno scorpione.

Sam e Alex si guardarono intorno sorpresi, mentre Sarah aveva già avuto modo di vedere tutti gli animali che Sadiki ospitava in casa sua.
Poteva non sembrare, ma il vecchio teneva molto alla salute dei propri animali da compagnia, tanto da avere una bella riserva di ragni e piccoli roditori da dare in pasto al suo serpente e al suo scorpione, e varie ciotole piene di mangimi per i suoi uccelli.

Troppo occupati a guardarsi intorno, i tre non si erano accorti che Sadiki avesse preso tutta l'attrezzatura necessaria per decifrare i geroglifici, nonché una sorta di leggio professionale, dotato di una lampada dalla luce molto fredda, e una lente di ingrandimento.
Nonostante apparisse un po' uno svitato o uno studioso caduto in disgrazia, sapeva quel che faceva.
Sam, Sarah e Alex attesero col fiato in gola per diversi minuti, osservandolo maneggiare i suoi strumenti e la pergamena, fin quando non lo scorsero sgranare gli occhi scuri con terrore.
«Che succede?? Che c'è scritto?» domandò Sarah.
«Sei riuscito a decifrarla??» chiese Alex.
«È vera o falsa??» si aggiunse anche Sam.
Sadiki si prese il suo tempo per rileggere quel che vi era evidentemente scritto sulla pergamena, si tolse gli occhiali

tondi da vista e si strofinò gli occhi come se fosse stato colpito da un'infinita stanchezza.

Le sue mani tremavano e i suoi occhi sembravano invasi da un orrore che i tre ragazzini non avevano mai visto prima.

Quando finalmente si voltò a guardarli, disse delle parole che non si sarebbero mai aspettati di sentire: «Qui c'è una mappa. E c'è profetizzata l'apocalisse. Avverrà tra tre giorni esatti e voi dovrete impedirlo».

La prima reazione di tutti fu di scoppiare a ridere.

O, per lo meno, fu la reazione immediata di Sarah e di Alex, mentre Sam rimase ammutolito e con gli occhi spalancati e fissi in quelli di Sadiki.

«Cosa... cosa c'è scritto in quella pergamena?» balbettò Sam mortalmente serio, interrompendo le risate dei suoi due non-amici.

«Sam, non crederai davvero a quello che questo pazzo dice?!» si lamentò Sarah.

«Dai, ragazzi, andiamo! È sicuramente un falso come dicevi tu, Sam. Saranno dei ragazzi che si sono divertiti a scrivere una profezia di morte usando una lingua morta, per poi venderla e farci dei soldi!» disse Alex.

«Non è falsa» affermò convintamente Sadiki. «Se fosse stata falsa me ne sarei accorto subito. Ci sono dei dettagli, delle indicazioni che fanno capire immediatamente se è vera o falsa

ad un esperto. Vi posso garantire che questa pergamena è più vera delle piramidi stesse».
«Cosa c'è scritto??» insistette Sam, sempre più agghiacciato dall'intera situazione. Aveva un bruttissimo presentimento, lo aveva da quando era salito in quell'aereo diretto in Egitto, ed ora il presentimento si stava trasformando in realtà.

Gli incubi. Quei maledetti incubi che non facevano altro che tormentarlo da giorni. Erano profezie anche quelle.
Sadiki sembrò leggergli nel pensiero, poiché lo osservò affilando lo sguardo e prendendo di nuovo a studiare il suo viso. «Tu. Hai delle occhiaie viola che arrivano fino al pavimento» disse il vecchio indicando gli occhi del ragazzo. «Ti senti male, per caso?»
«Ha ragione, mi era sembrato fossi malato già la prima volta che ti ho visto» si accodò Sarah osservando il volto bianchissimo del ragazzino biondo.
«Non sono malato» rispose Sam. «Sono solo molto stanco. Sono giorni che non riesco a dormire...» ammise.
«E perché non riesci a dormire?» indagò il vecchio, come se sospettasse qualcosa.
Sam lo incenerì con lo sguardo, in quanto si sentì smascherato. «Sto facendo degli incubi. Sempre lo stesso incubo, in realtà».
«Che incubo??» domandò Alex sempre più interessato.

«Creature strane. Alte, molto più alte del normale. Ma sono sicuramente partorite dalla mia mente...»
«Che tipo di creature??» domandò Sadiki.
«Non è importante...»
«Dillo!!» insistette il vecchio, costringendolo a parlare.
A ciò, Sam si arrese. «Alieni» ammise in un sospiro.
«Alieni...?»
«Alieni?!?»
Sarah e Alex erano a dir poco costernati dalla direzione che stava prendendo quella conversazione.
Sam sognava alieni da giorni ed ora avevano trovato una pergamena che profetizzava la fine del mondo? Erano dentro un videogioco per caso...?
«Cosa ricordi del sogno?» persistette Sadiki, avvicinandosi a Sam, spingendolo ad indietreggiare.
«Non molto» rispose sinceramente il ragazzo guardandolo negli occhi. «Ora vorrei sapere cosa c'è scritto nella pergamena. Puoi dircelo?»
Sadiki si risedette e lesse il contenuto della pergamena:

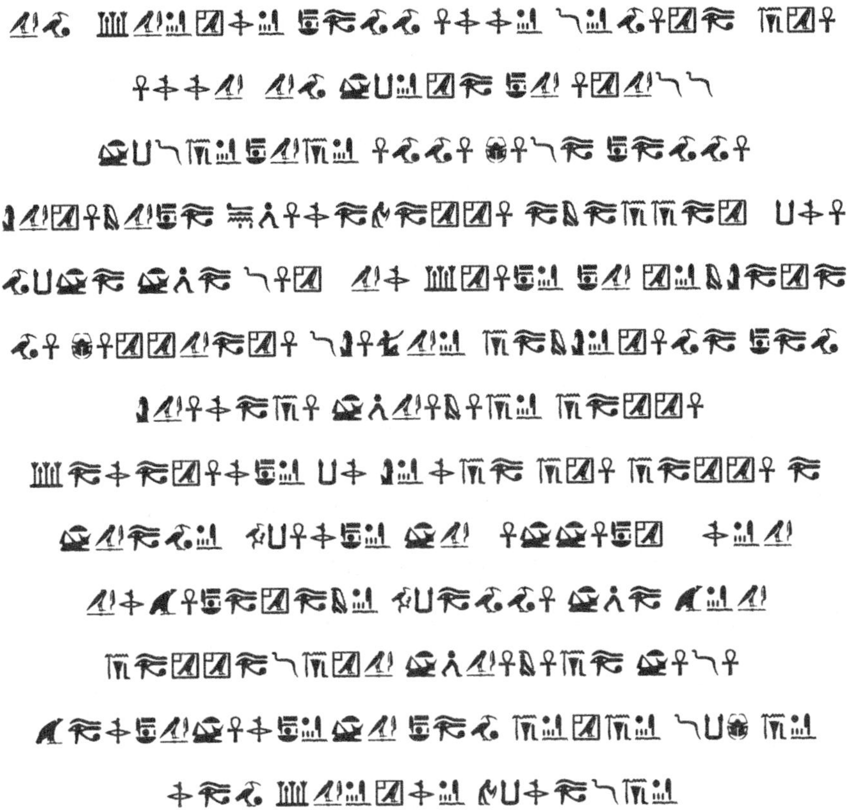

Il 216° giorno dell'anno solare, tra 4496 anni, il cuore di Ariss custodito alla base della Piramide Khaneferra emetterà una luce che sarà in grado di rompere la barriera spazio-temporale del pianeta chiamato Terra, generando un ponte tra terra e cielo. Quando ciò accadrà, noi invaderemo quella che voi terrestri chiamate casa, vendicandoci del torto subìto nel Giorno Funesto.

Trascorsero alcuni minuti di silenzio tombale.
Le rotelle nelle teste dei tre ragazzini sembravano girare tanto veloce da farli fumare.
Sadiki restò a guardarli per un po', ma poi decise di parlare, in quanto temette che i tre fossero andati completamente in corto circuito: «Avete delle domande?»
«Cosa significa "216° giorno dell'anno solare"?»
«Chi è Ariss?»
«Qual è la Piramide Khaneferra?»
«Cos'è il "Giorno Funesto"?»
Le domande di Sarah e Alex si accavallavano tra loro mentre Sam restava muto a guardare il vecchio.
«Vuoi rispondere tu alle loro domande, ragazzo premonitore? Sembra che tu sappia più cose di quanto sembri» propose Sadiki, osservando Sam a sua volta.
A ciò, Alex e Sarah spostarono l'attenzione sul loro non-amico, in attesa.
«Il 216° giorno dell'anno solare è tra tre giorni: il 4 agosto. Non ho idea di chi sia Ariss, ma non sembra un nome umano, né tantomeno egiziano. Non esiste una Piramide Khaneferra, per lo meno non che io ricordi dalle mie letture, ma Khaneferra è il nome di un faraone che è vissuto circa 4500 anni fa, questo lo ricordo. Suppongo che la mappa serva a scoprire dov'è questa misteriosa piramide e... suppongo che il Giorno

Funesto sia un giorno in cui la razza umana ha provocato un torto imperdonabile a... queste "creature" non-umane che hanno ordinato di scrivere questa profezia» rispose Sam, riflettendo a sua volta, con la testa talmente confusa e piena di informazioni, da dolergli.

Tornò a guardare il vecchio e gli si avvicinò. «Come sai che stanno parlando proprio di quest'anno, il 2024?? Magari invece è un anno già passato e loro non sono venuti, nulla di tutto quello riportato lì è accaduto. Oppure, potrebbe essere tra qualche anno...» suppose il biondo.

«Sono certo che parlino del 2024 in quanto l'anno in cui è stata scritta la profezia è il 2472 a.C., anche l'usura della pergamena lo indica» rispose il vecchio.

«Perché dici che noi tre dobbiamo fermare tutto ciò??» domandò Sam.

«Beh, perché tu sei il prescelto. Tutti e tre lo siete. Tu hai iniziato ad avere delle visioni sui nostri invasori provenienti dal cielo, proprio mentre stavi venendo in vacanza qui. Che spiegazione ti serve in più?» rispose con ovvietà Sadiki. «Anche io vorrei potervi aiutare ora che so cosa accadrà, ma... sono troppo vecchio. Vi sarei solo d'intralcio, ne sono sicuro» ammise sconfortato. «Ma voi tre...» si rianimò, guardandoli tutti e tre, pieno di speranza. «Voi tre potete farcela. Avete tutti i requisiti per respingere l'attacco degli alieni! Vi fornirò tutto l'aiuto possibile, ma dovete farlo!»

«Questo è un vecchio pazzo! Hanno ragione tutti a ritenerlo uno svitato!» sbottò Sarah, arrabbiata, in piena fase di negazione. «Sta parlando a vanvera, ve ne rendete conto?? Alieni che invaderanno la terra?? Sul serio?!»

«Non posso credere a tutto quello che ci hai detto, mi dispiace» si accodò anche Alex, alzandosi in piedi, turbato. «Ora è meglio che torniamo tutti in hotel: si è fatto buio da un po', i nostri genitori ci uccideranno» fece notare. «Sam, andiamo?» domandò poi, vedendo che il biondo era l'unico ancora seduto.

Sam sembrò combattuto sul da farsi e fissò gli occhi speranzosi del vecchio, sapendo che gli avrebbe spezzato il cuore. «Puoi tenerti la pergamena. Noi torniamo a casa» concluse, raggiungendo i suoi due non-amici e uscendo dalla casetta.

I tre percorsero la strada di ritorno all'hotel in spettrale silenzio, consapevoli che, dal giorno seguente in poi, non si sarebbero più rivisti, né avrebbero mai più parlato di quella misteriosa pergamena ad anima viva.

CAPITOLO 3

«Ehi, figliol prodigo… ti vuoi svegliare?»

Alex si svegliò dal suo sonno con la voce scocciata di sua sorella dritta nelle orecchie.

Quella notte aveva fatto degli incubi anche lui. Ovviamente provocati dall'esperienza che lui e i suoi non-amici avevano vissuto il giorno prima.

Scenari di catastrofi, fuoco e fiamme, vulcani in eruzione, le persone che urlavano sui cadaveri dei loro cari. Una vera e propria apocalisse.

Alex afferrò il cuscino e se lo schiacciò sopra la testa, nella speranza di non sentire sua sorella.

Non doveva più pensarci. Non doveva più pensare a ciò che era successo. Si erano fatti questa promessa, prima di entrare in hotel, e di tornare ciascuno alla propria vita: "Viviamo la nostra vacanza come se nulla fosse successo. Non incontriamoci più".

Alex in realtà non riusciva del tutto a capire a cosa servisse esattamente l'ultima clausola, in quanto a lui non sarebbe affatto dispiaciuto poterli rivedere.
Però, riflettendoci, aveva senso: non vedendosi più, almeno sarebbero riusciti a seppellire quel maledetto pomeriggio, e a far finta di non averlo mai vissuto. Rivedere Sarah e Sam avrebbe significato ricordarsi della profezia.

«Ehi, ghiro! Guarda che ti devi alzare con le buone o con le cattive...! Ti sei dimenticato che sei in punizione fino a fine vacanza? Devi fare quello che dicono mamma e papà d'ora in avanti, altrimenti sarai in guai seri».
No, che non lo aveva dimenticato. Quando la sera prima erano tornati tutti e tre a buio già inoltrato, i suoi genitori gli avevano dato una bella strigliata di orecchie, in quanto erano quasi sul punto di rivolgersi alle autorità del luogo per cercarlo. Li aveva fatti spaventare, e molto.
Alex immaginava che anche Sam e Sarah fossero in punizione come lui.
I suoi genitori gli avevano vietato di andare in giro da solo, e di parlare con gli sconosciuti. Ah, e gli avevano anche sequestrato il pc.
Poteva andargli peggio. Forse.

Alex si tolse il cuscino dalla faccia con un sonoro sbuffo, lanciando un'occhiataccia a Ginevra, che era in piedi accanto al suo letto, intenta ad osservarsi le unghie smaltate.

«Qual è il programma di oggi?» le domandò.

«Mattina piscina, poi pranzo al ristorante, pomeriggio si va a vedere le piramidi e poi di nuovo cena al ristorante».

Alex raggelò nell'udirla. «Pi-Piramidi...?» balbettò. «Posso fare qualcos'altro nel pomeriggio?» la pregò quasi, tanto che Ginevra lo guardò sospettosa.

«Sei qui in Egitto e non vuoi vedere le piramidi...? Che altro si fa in Egitto se non vedere le piramidi?» lo provocò, incuriosita dalla strana reazione del fratello. Sembrava quasi gli avesse menzionato un fantasma.

«Le ho già viste ieri le piramidi» ammise.

«Con i tuoi nuovi amichetti? Com'è che si chiamano?»

«Non...» si bloccò, perché non voleva dirlo, ma sapeva che fosse giusto così. «Non sono miei amici...» concluse tristemente.

«Beh, fa' un po' come ti pare. Ma sappi che tu e i tuoi amichetti avete fatto un bel guaio ieri, tornando a sera inoltrata senza avvertire».

«Sì, lo so bene. Allora, sono autorizzato a non andare a vedere le piramidi?»

«Qualcuno deve rimanere con te a "sorvegliarti", in modo che non scappi via di nuovo» gli fece notare sua sorella.

«Allora rimani tu con me, Gin!» esclamò Alex abbracciando il busto della ragazza, ancora semisdraiato sul suo letto. «Ci divertiremo qui in hotel, dai! Tanto a te non sono mai interessate le piramidi! E poi, puoi sempre andarle a vedere uno dei prossimi giorni» la supplicò facendole di nuovo gli occhioni dolci.

Ginevra sbuffò, allontanandogli dolcemente la testa. «Va bene, va bene, resto io. Non penso che mi annoierò, dato che credo di aver trovato una nuova amica» ammise.

«Tu?? Tu hai trovato una nuova amica?? Dov'è finita mia sorella e cosa ne hai fatto di lei? Tu non eri quella che non voleva farsi degli amici?» le domandò sconvolto Alex, ma internamente fiero di lei. Forse, a suo modo, l'aveva influenzata.

«Sta' calmo, sono sempre io. Non sono certo io che l'ho voluto, comunque. Fosse per me, me ne sarei stata per i fatti miei, ma quella ragazza, quella Fie, mi si è attaccata addosso come una cozza. Mi ha già chiesto di andare in piscina con lei oggi» spiegò Ginevra. «È così fastidiosamente amichevole! Sembra quasi essere lei tua sorella, dato che avete lo stesso atteggiamento estroverso ed esuberante» affermò.

Alex rise in risposta. «Beh, ma se hai accettato di passare del tempo con lei, significa che non è così fastidiosa come la vuoi far sembrare! Aspetta...» si bloccò, riflettendo. «Come hai detto che si chiama la tua nuova amica?»

«Fie».

«Ma Fie... non è la sorella di Sam??» realizzò Alex rizzandosi subito su nel letto, improvvisamente molto più interessato.

«Beh, sì».

«E lui come sta? Le ha detto qualcosa? Sai se i suoi genitori hanno messo in punizione anche lui??» Alex si rese conto di averla tartassata di domande e si placò.

«Mi ha detto solo che i suoi genitori si sono arrabbiati molto, ma non so se lo hanno messo in punizione. Cosa dicevi poco fa, comunque? Che "non sono tuoi amici"?? Lo vedo come "non sono tuoi amici", è palese da come ti importa così tanto di loro!» commentò sarcasticamente Ginevra. «Comunque ora vai a lavarti la faccia e cambiati, scendiamo per la colazione».

Sarah si svegliò innervosita, confusa e anche arrabbiata quella mattina.

Era scossa, scossa da tutto ciò che era accaduto il giorno prima con Sadiki, Sam e Alex, anche se voleva evitare in ogni modo di pensarci.

Non aveva voluto raccontare nulla a suo padre quando era tornata, nonostante a suo padre dicesse sempre tutto.

Lui non aveva infierito, ma si era solo raccomandato aspramente di non fare mai più così tardi, in quanto si era preoccupato molto.
Si era rinchiusa in camera e si era addormentata subito. A differenza dello staff dell'hotel, lei non dormiva in una delle camere, ma preferiva tornare a casa ogni sera, dopo aver aiutato suo padre. Infondo, la loro bella villetta non distava molto dall'albergo. Quella mattina si era vestita di tutto punto come al solito e si era recata all'hotel con suo padre, pronta per iniziare una nuova giornata, ma già con il piede storto. In auto non aveva emesso neanche un fiato, e suo padre sembrava sempre più confuso dal suo atteggiamento.
Avrebbe evitato Sam e Alex con tutte le sue energie quel giorno, e i giorni seguenti.

Il 4 agosto. L'apocalisse era fissata per il 4 agosto, esattamente due giorni dopo. No, non doveva pensarci, non doveva pensare alla serietà e alla gravità di Sadiki mentre lo diceva, né alla faccia sconcertata e terrorizzata di Sam.
Suo padre la incoraggiò a sedersi ad uno dei tavoli della splendida veranda per fare colazione con calma. Il ricco buffet era già pronto e ben servito sui tavoli.
Tuttavia, il suo stomaco era chiuso.

Era talmente assorta nei suoi pensieri da non accorgersi che la veranda stava iniziando a popolarsi sempre più di clienti dell'hotel. D'altronde, erano le 9:30 del mattino, un orario perfetto per la colazione.

Una babele di lingue diverse riempì le sue orecchie, ormai avvezze a tutta quella varietà.

Poi, improvvisamente, una voce familiare fece rizzare le sue orecchie, e nonostante volesse cercare in tutti i modi di fare l'indifferente, i suoi occhioni scuri virarono verso le figure appena entrate nella veranda, intente ad occupare uno dei tavoli: Alex e la sua famiglia si stavano accingendo a fare colazione. Il ragazzino sembrava non essersi ancora accorto di lei, in quanto troppo preso dalle centinaia di prelibatezze a disposizione sul buffet. Si riempì per bene il piatto di dolce e salato, per poi tornare al suo posto e iniziare a mangiare. Sembrava quasi essersi dimenticato completamente ciò che era successo il giorno prima, e questo atteggiamento fece innervosire Sarah. Sapeva che dovessero tutti dimenticare, ma era mai possibile che Alex ci avesse messo così poco a farlo? Addirittura, mentre gustava il suo bagel ripieno, il ragazzo tirò fuori il proprio cellulare del modello più in voga del momento, e cominciò a smanettarci sopra. Ma nel momento in cui alzò gli occhi dallo smartphone la notò, per caso. I suoi grandi occhi azzurri si sgranarono, pieni di emozioni, quando si accorsero di lei. A ciò, Sarah distolse subito lo sguardo da lui.

«Ti ho preso dei croissant alla marmellata e alla crema, i tuoi preferiti» venne attirata dalla voce di suo padre, il quale stava tornando ad accomodarsi di fianco a lei, dopo averle riempito il piattino di dolci.

Solo dolce per lei a colazione, da sempre e per sempre. Era sempre stata golosa di zuccheri, e non voleva di certo privarsene, ovviamente consumati equilibratamente.

«Grazie, papà».

«Sai, ho notato che sei molto silenziosa da ieri sera» iniziò a dirle lui, addentando una ciambella.

«Non ho voglia di parlarne» replicò lei.

«Ho notato anche un'altra cosa... quel ragazzino laggiù ti sta fissando. Non è uno di quelli con cui sei andata a fare la tua gita ieri?» le disse, osservando Alex.

A ciò, Sarah si voltò immediatamente verso Alex e lo trovò ancora a guardarla, come se non avesse altro da fare. E, per di più, la guardava con un'espressione combattuta. La ragazzina sbuffò, cercando di ignorarlo, ma senza riuscirci in pieno. Perché la guardava così? Voleva parlarle? Voleva parlare di quello che era successo il giorno precedente?

Poi, la situazione si complicò ancor di più: dalla porta della veranda entrarono anche Sam e la sua famiglia.
Gli occhi di Sarah e di Alex vennero attratti subito dal terzo membro del loro gruppetto.

«Ti vado a prendere delle uova strapazzate! Cosa vuoi per accompagnarle, carne o un toast con avocado? Ho intravisto che ci sono entrambi!» esclamò Fie, già in piedi e con l'acquolina in bocca, pronta a buttarsi sul buffet.
«In realtà vorrei solo del caffelatte» rispose Sam con lo sguardo basso.

Quella notte non aveva dormito quasi per niente. Dopo ciò che era successo il pomeriggio prima, i suoi incubi premonitori erano notevolmente peggiorati. Più volte, nel corso della notte, si era domandato per quale motivo si stava autoimponendo di non credere a quel vecchio, di non credere alla profezia, né ai propri sogni. Il messaggio era chiaro: lui era stato "scelto" per fermare lo sterminio della razza umana, e anche Alex e Sarah sembravano avere un ruolo in tutto ciò. Erano stati scelti tutti e tre.
Ma perché proprio loro? Perché proprio dei ragazzini di dodici anni...?

Erano domande a cui non si sapeva rispondere, e la cosa peggiore era che il tempo scorreva fin troppo velocemente: l'apocalisse sarebbe avvenuta tra due giorni, se i calcoli del vecchio erano corretti.
In più, Sarah e Alex non ne volevano sapere di credere a quella storia. I due erano in una fase di totale negazione, e forse anche Sam stesso lo era. Non lo sapeva nemmeno lui.
«Sicuro di non voler mangiare nulla?» gli domandò sua madre in tono preoccupato, distogliendolo dai suoi pensieri. «Ti ricordo che ieri sei svenuto per mancanza di zuccheri».
«No, mamma, non sono svenuto per mancanza di zuccheri, ma perché mi si è rotto un capillare nel naso, e ho perso troppo sangue» precisò stancamente, aprendo uno dei libri sull'Antico Egitto che si era portato, e riprendendolo a leggere per la sesta volta. Era un saggio sul Medio Regno.

Eppure, la sua mente non riusciva neanche a concentrarsi sulla lettura, in quanto rilesse la stessa frase dieci volte, per poi venire distratto dalla voce esuberante di sua sorella, la quale sembrava aver incontrato e salutato qualcuno di sua conoscenza al tavolo del buffet. Alzò gli occhi verdi dal libro e li fissò sulla figura di Fie, a distanza: sua sorella stava amabilmente conversando con la sua nuova amica di cui gli aveva accennato, mentre riempiva il proprio piattino e quello di lui di una varietà di cibi salati. Osservò la ragazza in questione, dai capelli rosso carota, le lentiggini e gli occhi azzurri.

Somigliava incredibilmente a qualcuno...

Quando realizzò, Sam sgranò gli occhi, capendo che anche Alex dovesse essere presente nella veranda nello stesso momento, per fare colazione.

Si guardò intorno e, come immaginava, individuò sia Alex, che lo stava guardando da un po', a distanza, sia Sarah, che era seduta ad un tavolo lontano da entrambi, anche lei intenta ad osservarli di tanto in tanto. Almeno lei si sforzava di non darlo a vedere (anche se fallendo), mentre Alex non faceva nulla per nascondere il desiderio di parlare con tutti e due.

In particolare, gli occhi dei due erano concentrati proprio su di lui, realizzò Sam, come se si aspettassero che lui facesse qualcosa o avesse qualche reazione. Forse perché era l'unico che sembrava credere alle parole del vecchio?

Ad ogni modo, fecero tutti e tre finta di nulla, consumando ognuno la sua colazione in pace, per poi dirigersi verso le proprie attività giornaliere.

La prima giornata trascorse così, in relativa calma.

Il giorno dopo, tuttavia, il turbamento dei tre ragazzi non sembrava diminuito, anzi, era addirittura peggiorato.

Avevano provato in ogni modo a svagarsi, pensando ad altro: Alex si era buttato sulla tecnologia, sui suoi codici, i suoi videogiochi e le sue amate serie tv; Sarah aveva aiutato suo padre a gestire ogni cliente, anche il più problematico, concedendosi sempre il dovuto relax tramite qualche sauna e un giretto alla spa; mentre Sam si era gettato sui libri, come faceva sempre, alternando la lettura a qualche gita in piscina, sotto insistente richiesta di sua sorella.
Eppure, nulla era servito. Era il 3 agosto, mancava letteralmente un giorno alla fantomatica apocalisse, e gli incubi di tutti e tre non erano affatto diminuiti.
In più, ogniqualvolta per puro caso capitava che incrociassero gli sguardi tra loro, in piscina, al ristorante o sull'atrio, i tre non riuscivano ad evitare di lanciarsi occhiate preoccupate e combattute.
Oltretutto, non potevano fare a meno di godersi quelle ore preziose con le loro famiglie, temendo che fossero le ultime. Guardavano i loro familiari, i loro cari, e immaginavano cosa potesse accadere se solo l'apocalisse si fosse avverata.

Sam, in particolare, sentiva un peso addosso non indifferente: sapeva che, se non avesse preso lui l'iniziativa, gli altri due non si sarebbero mai decisi a prendere la situazione in mano. Quel tardo pomeriggio del 3 agosto si era appena fatto una doccia e messo dei vestiti puliti, dopo aver trascorso la giornata in piscina a leggere. Si sedette sul letto sospirando, mentre si tamponava i capelli umidi, immerso nei suoi pensieri.

«Ehi, disturbo, faccino-triste?» il sussurro di Fie gli accarezzò le orecchie con delicatezza. La ragazza era affacciata alla sua camera e lo osservava con il solito viso sorridente, stavolta un po' turbata.

«Entra» le disse Sam, vedendola sedersi accanto a lui sul letto. «Fie, non so che fare» le confessò. «Ho il terrore di sbagliare, non so più come muovermi».

«Non ti chiederò di dirmi cosa è successo, perché non voglio essere invadente e so che odi quando lo sono» gli disse lei. «Però ti vedo turbato da un paio di giorni, e non posso aiutarti se non mi dici come ti senti. Parlami, Sammy, io ti ascolto».

Sam le rivolse il sorriso che rivolgeva solo a lei, sincero e fragile, mentre cercava di riorganizzare le idee per spiegarle: «C'è una cosa importante che devo fare con Alex e con Sarah. Potrebbe essere la cosa più importante che faremo mai in tutta la nostra vita. Però, ho paura, abbiamo tutti paura di fallire. Sento di essere, in un certo senso, la loro guida in questo caso, per cui mi sento in dovere di avvicinarmi a loro, e parlarci. Tuttavia... temo di non riuscire a guidarli, temo di non essere in grado di portare avanti l'impresa che ci spetta, di portarli al fallimento» concluse.

Fie gli sorrise materna, scompigliandogli i capelli. «Tutti abbiamo paura, fratellino. È normale avere paura, anche per i leader nati».

«Io non sono un leader nato» sottolineò.

«Pensi di non esserlo, ma in realtà lo sei. Io lo so, ti conosco e lo vedo, perché sono tua sorella. La tua timidezza non è un ostacolo, Sammy, perché, nonostante tutto, le persone fanno sempre affidamento su di te, in ogni circostanza. Ci hai mai fatto caso? A scuola chiedono sempre a te di aiutarli a fare i compiti e a studiare, così come al tuo corso di atletica tutti hanno altissime aspettative su di te, perché sei bravo, hai talento, e sei talmente intelligente che fai tutto con facilità. Inoltre, sei anche maturo. E questa maturità ispira fiducia agli altri. Perché pensi che Sarah e Alex siano così in aspettativa di un tuo segnale?» gli disse, sorridendogli per tutto il tempo.

Sam era rimasto a bocca aperta da tali parole.

«Perciò smettila di autocommiserarti e di essere triste, perché non sopporto vedere questo bel faccino triste. Affronta la tua paura a testa alta e agisci!» lo incoraggiò energica, per poi abbracciarlo e stringerlo forte.

«Grazie. Grazie, Fie» le disse ricambiando calorosamente l'abbraccio.

Quella era la carica che gli serviva: la sera stessa avrebbe parlato a Sarah e ad Alex, per decidere cosa fare l'indomani e stabilire un piano per fermare l'apocalisse. Fortunatamente non sarebbe stato difficile incontrarli: quella sera era in programma un aperitivo con karaoke, organizzato dallo staff dell'hotel, a cui erano invitati tutti i clienti. Fie gli aveva già detto che Ginevra e Alex sarebbero stati presenti. Riguardo Sarah, invece, poteva solo sperare che ci fosse anche lei.

Sam si vestì leggermente più elegante del solito e uscì dalla camera con la sua famiglia, dirigendosi verso l'immenso giardino esterno che costeggiava la piscina lussuosa. C'erano splendide lanterne colorate ovunque, per illuminare l'ambiente e donargli un clima di festa. Dopo circa un'ora, il giardino si riempì di gente di ogni nazionalità. Sembravano esserci proprio tutti a quella festa!

Sam si guardò intorno e, con sua grande sorpresa, la prima che scorse fu Sarah, la quale era seduta in disparte, intenta a lanciare occhiatacce a chiunque. Sam sorrise lievemente nel notarla. Senza attendere oltre, le si avvicinò e la salutò: «Ciao, Sarah».

Lei quasi saltò sulla sedia nell'accorgersi di lui, ma soprattutto nel realizzare che le avesse rivolto la parola, infrangendo il patto che si erano fatti. «Ciao...» lo salutò un po' imbarazzata.

«Che ci fai qui?» gli domandò poi.

«Sono venuto per il karaoke».

«Tu canti?» gli chiese sconvolta.

Sam rise in risposta. «No, non canto».

«E allora che...?»

«Ragazzi» i due vennero interrotti dalla voce di Alex: il ragazzino era in piedi dietro di loro, anche lui appena arrivato in giardino. Li guardò, prima una e poi l'altro, sconvolto.

«Ciao anche a te, Alex. In realtà, sono venuto qui per parlare con voi» ammise Sam, ora che erano tutti riuniti. I due lo guardarono con aspettativa. «Non mentiamo a noi stessi, ragazzi: se il mondo dovesse davvero finire domani ci sentiremmo terribilmente in colpa per non averlo impedito. Se domani andassimo alla piramide e dovessimo scoprire che non è vero niente, al massimo avremo preso un granchio e torneremo all'hotel con il cuore più leggero, godendoci il resto della vacanza insieme. Ma dobbiamo comunque andare a controllare, perché, se invece dovesse essere tutto vero, i miei incubi, la pergamena, le parole di Sadiki... se dovesse essere reale, allora dovremmo fermarlo» disse Sam con decisione. «So che posso contare su di voi, ragazzi. Lo so dal modo in cui i vostri occhi sono turbati quanto i miei. Anche voi credete a quello che ci ha detto Sadiki, ne sono certo. Senza di voi non potrei mai farcela» concluse, sperando che i due non si arrabbiassero o, peggio, gli scoppiassero a ridere in faccia.

Ma ogni suo timore venne scacciato via quando vide gli occhi lucidi di Alex guardarlo felici. «Non ce la facevo più a trattenermi, ragazzi... a trattenermi dal parlarvi, e dal dire tutto quello che abbiamo visto e sentito insieme... è un sollievo sentirti dire questo, Sam, non sai quanto» gli disse abbracciandolo di slancio, lasciandolo per un attimo senza parole.

Sarah li guardò abbracciarsi e sospirò, ma senza ombra di provocazione, né di spocchia nello sguardo. Al contrario, era seria e visibilmente rincuorata. «Ho avuto paura di essere l'unica a sentirmi così. A sentire la vostra mancanza e l'esigenza di fare qualcosa per evitare che il mondo venga invaso. Poi, però, ho visto che anche voi mi guardavate come se voleste parlarmi e... non aspettavo altro che voi vi faceste vivi!» ammise alzandosi dalla sedia e lanciandosi a sua volta ad abbracciarli. «Mi siete mancati, ragazzi!»

Risero tutti e tre, stringendosi come se si conoscessero da una vita. «Beh, direi che possiamo tranquillamente dire che siamo amici a tutti gli effetti, giusto??» chiese conferma Alex. «Niente più non-amici».

«Niente più non-amici» concordarono in coro gli altri due.
«Allora qual è il piano, Sam? Come ci muoviamo?» gli domandò Sarah, pragmatica.
«Per prima cosa proviamo a parlarne ai nostri genitori. So che avete paura di essere presi per pazzi, ma dobbiamo tentare» suggerì il biondo.
«Ha ragione: se i nostri genitori ci crederanno, si rivolgeranno alle autorità» assentì Alex.
«Già, è improbabile che la polizia creda a tre dodicenni che dicono che verrà un'apocalisse, ma se saranno i nostri genitori a dirlo... allora potremmo avere speranza» aggiunse Sarah.
«E se i nostri genitori non dovessero crederci?» domandò Alex.
«Beh... a quel punto, agiremo da soli. Domani mattina all'alba ci troveremo tutti nell'atrio, come la scorsa volta. Stavolta, però, venite più attrezzati: portate torce, corde, cibo, acqua, un coltellino e altri strumenti utili che vi vengono in mente. Ci metteremo in cammino all'alba, raggiungeremo l'abitazione di Sadiki, ci riprenderemo la pergamena e seguiremo la mappa per raggiungere la Piramide Khaneferra. Se nessuno ci crederà faremo da soli. Ci state?» concluse Sam osservandoli con determinazione.
Gli altri due annuirono decisi.

Come stabilito, sia Alex, che Sarah e Sam provarono a parlare ai propri genitori della profezia della pergamena quella sera, una volta rientrati in camera. Tuttavia, nessuno dei loro familiari credette alle parole dei tre ragazzi, credendo, piuttosto, che si trattasse di una storiella inventata di sana pianta per attirare un po' l'attenzione. Sia Sam che Alex speravano di poter convincere almeno le rispettive sorelle: entrambi erano sicuri che Fie e Ginevra avrebbero certamente creduto alle loro parole. Eppure, non riuscirono nemmeno a vederle quella sera, in quanto le due ragazze avevano partecipato ad un'altra festa, con gli animatori dell'hotel, ed erano rientrate in camera in tarda nottata.

Avrebbero dovuto fare tutto da soli. L'idea li spaventava, certo, ma la sicurezza di avere i propri amici al loro fianco li infondeva di fiducia e speranza.

Come pattuito, all'alba del giorno dopo, si ritrovarono nell'atrio dell'hotel, pronti di tutto punto, con gli zaini in spalla pienissimi.

Si guardarono come per cercare conferma gli uni negli altri, e quando trovarono la stessa tenacia e determinazione, si misero in marcia.

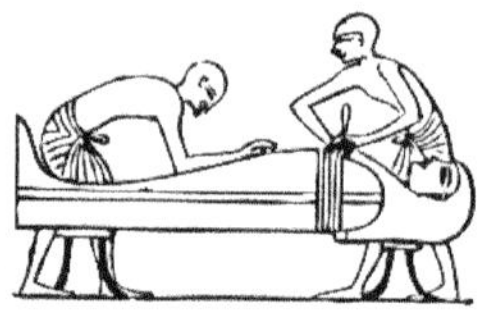

CAPITOLO 4

Dopo aver ripreso la pergamena e aver seguito accuratamente la mappa, camminando per ben quattro ore, i tre raggiunsero la loro meta: la Piramide Khaneferra. Sam, Sarah e Alex rimasero esterrefatti di fronte alla grandezza della piramide. E mentre la osservavano incantati, dalla cima iniziò ad irradiarsi un potentissimo fascio di luce, talmente potente da far male agli occhi, diretto verso il cielo privo di nuvole.

«Cosa diavolo è quella luce accecante??» domandò Sarah coprendosi gli occhi.

«Mai vista una cosa simile...» sussurrò Alex, esterrefatto.

«Dobbiamo sbrigarci» li esortò Sam, avviandosi già verso l'entrata sotterranea della piramide.

Una volta giunti nei sotterranei, come la mappa indicava, i tre si ritrovarono davanti ad una porta serrata. La suddetta porta

sembrava essere sigillata da un complesso meccanismo tecnologico molto avanzato.
«Com'è possibile che gli antichi egizi possano aver realizzato un sistema di difesa tecnologica del genere?» domandò Sarah, avvicinando il volto allo schermo touchscreen che emanava una sorta di onde elettromagnetiche azzurre.
«Non sono stati gli antichi egizi... è opera della razza aliena che vuole invaderci» realizzò Alex, avvicinandosi a sua volta a quel sistema altamente avanzato.

Sam gli si avvicinò. Lo aveva visto più volte trafficare con il proprio smartphone di ultima generazione come fosse un hacker. Aveva idea di conoscere le sue potenzialità. «Puoi sbloccarlo?» gli domandò il biondo, speranzoso.
«La loro tecnologia è diversa dalla nostra... ma posso provarci» affermò convinto il rosso, ponendosi di fronte allo schermo e rimboccandosi le maniche.
Il ragazzo provò a digitare velocemente qualche codice, tentando e ritentando.
Sarah e Sam lo osservavano ansiosi e fiduciosi.
Dopo infiniti tentativi, quando Alex stava per perdere la speranza, un complesso codice che aveva digitato gli permise di infiltrarsi nel sistema e di sbloccarlo, facendo disintegrare lo

schermo e, al suo posto, facendo apparire dalla sabbia una figura umana.

I tre rimasero immobili mentre la figura si innalzava in piedi, in tutta la sua imponenza: era alta almeno tre metri, il suo corpo era elegante e affilato, indossava i classici vestiti dell'Antico Egitto, gli occhi allungati truccati di nero, i lunghi capelli neri e liscissimi, le sembianze androgine. Non riuscirono a capire se fosse uomo o donna mentre la osservavano, ma notarono che aveva delle caratteristiche feline, animalesche, come il muso allungato, il naso all'insù dalla punta nera, le iridi ipnotiche attraversate da una linea verticale nera, le dita delle mani palmate e molto altro. Sam si rese conto che somigliava tantissimo ad una delle famose divinità egizie rappresentate nelle antiche tavole.

La creatura, con la mano stretta al suo scettro lunghissimo, abbassò lo sguardo felino sui tre ragazzini impietriti davanti a lei.

«Vi faccio i miei complimenti. Siete riusciti ad aggirare il complesso sistema di difesa estremamente avanzato, progettato dagli extraterrestri» disse, con voce imponente e solenne. «Questo sistema è stato creato per essere infallibile, per tale ragione si è autodistrutto quando lo avete aggirato» aggiunse.

«Ma se una volta aggirato sei apparsa tu, allora significa che prevedevano già l'ipotesi in cui un umano sarebbe riuscito ad infiltrarsi nel sistema» replicò Sam, senza paura, attirandosi uno sguardo astioso da parte della creatura. «Sei un dio egizio, non è vero?» continuò il biondo.

«Una divinità minore, sì. Sono stato posto come sentinella della Sacra Porta della Stanza del Giudizio» rispose.

«La Stanza del Giudizio...?» domandò Sarah.

«Samuel, Sarah e Alessandro» disse improvvisamente la sentinella, sorprendendo tutti e tre.

«Come fai a conoscere i nostri nomi??» domandò Alex stupefatto.

«Io so tutto. I miei occhi hanno dei poteri divini che mi permettono di vedere attraverso di voi, chi siete e cosa siete. Io so tutto di voi: Alessandro, il genio della tecnologia; Sarah, la furba e pragmatica ragazza ricca; e infine Samuel, l'instancabile studioso, il leader del gruppo» concluse la sentinella, guardandoli uno alla volta, ghignando provocatoriamente. «Dato che siete stati così bravi da aggirare il sistema e distruggerlo, vi darò una possibilità, umani: potrete entrare nella Stanza del Giudizio, nella quale è contenuta la causa e l'origine del portale che collega Terra e Cosmo, solo se risponderete correttamente a tutte le mie domande».

«Cosa sei, una sentinella degli indovinelli?» domandò Sarah innervosita, per niente preoccupata di mancare di rispetto a quella stupida divinità.

«Io ho il potere di farvi diventare cenere con un battito di ciglia, umani» disse minacciosamente. «Perciò vi consiglio di non tirare troppo la corda».

«"*La causa e l'origine del portale che collega Terra e Cosmo*"» rifletté Alex ad alta voce. «Quindi nella Stanza del Giudizio c'è il portale ultraterreno tramite cui gli alieni arriveranno qui sulla Terra e ci invaderanno oggi stesso??» domandò preoccupato.

«Esattamente» confermò la sentinella.

«Quindi è da lì che esce la luce accecante che spezza il cielo a metà??» domandò anche Sarah.

«Proprio così» assicurò di nuovo la divinità. «Dovrete sbrigarvi, perché il tempo scorre: man mano che i minuti passeranno, il fascio di luce diventerà sempre più potente e luminoso, fino ad aprire completamente il portale!» urlò perfida.

«Per quale motivo tu dovresti aiutarci ad entrare lì dentro? Lo sai che proveremmo in ogni modo a chiudere il portale e a salvare la razza umana, vero? Non sei stata posta a sentinella della Sacra Porta dagli alieni, proprio per impedire agli umani di rovinare i loro piani di dominio?» chiese Sam, con sguardo di sfida.

La divinità sorrise diabolicamente in risposta. «Io sono solo una pietra risvegliata dalle sabbie, in rappresentazione del dio, e sì, sono stato posto come sentinella per impedire ad ogni essere umano che fosse riuscito a giungere qui di passare» rispose. «È a dir poco ovvio, per me, che non riuscirete a passare, stupidi ragazzini: non riuscirete mai e poi mai a rispondere a tutte le mie domande. Voglio solo divertirmi un po'».

«Siamo pronti. Che tipo di domande vuoi farci?» domandò Alex.

A ciò, la sentinella si toccò il mento allungato con il suo dito palmato, in un finto gesto di indecisione. «Vediamo un po'... cultura generale» stabilì.

«Come fai a conoscere la nostra cultura generale, tu che sei un antico demone egizio?» gli domandò contrariata Sarah.

«Dio! Sono un dio, non un demone! E comunque, ve l'ho già detto, stupidi, io so tutto. Sono onnisciente. Quindi conosco anche la vostra sciocca cultura» rispose, ponendo le imponenti braccia conserte, in un gesto scocciato.

«Prima però, voglio stringere un patto con te, sentinella» affermò Sam.

«Che tipo di patto?»

Sam, avendo studiato ampiamente la storia delle divinità antiche, sapeva bene che, quando le divinità stringono un patto, quel patto è per sempre. Non lo si può infrangere in nessun modo, nemmeno con la magia.

«Voglio che ci dai la tua parola: se risponderemo a tutte le tue domande, come hai detto... ci farai passare» propose il biondo, sfidandola con i suoi occhi, senza paura.

«Sì, sì, va bene! Avete la mia parola!» disse annoiata la sentinella.

«Suggelliamo il patto?» propose Sam, allungando il mignolo verso l'alto. A ciò, la sentinella allungò il braccio a sua volta e fece intrecciare il suo lunghissimo mignolo con quello di Sam. In quel momento, intorno ai mignoli di entrambi comparve un segno bianco, come un anello magico, testimonianza della loro promessa.

«Ora iniziamo» disse la divinità. «La prima domanda: cos'era l'arthropleura e quanto era lunga?»

«L'arthropleura è un genere di millepiedi preistorico vissuto tra 336 e 290 milioni di anni fa. Era lungo tra i due e i tre metri» rispose immediatamente Alex, facendo voltare gli altri due a guardarlo, sorpresi.

«Che c'è?» domandò il ragazzo come se nulla fosse. «Ho giocato ad un videogioco in cui dovevamo impersonare degli animali preistorici» spiegò con nonchalance, sorridendo, facendo innervosire ampiamente la sentinella.

«Corretto» disse questa, stizzita, per poi continuare: «Seconda domanda: quante figlie aveva Vittoria del Regno Unito?»

Sarah ci pensò su. Sapeva che dovevano prestare bene attenzione ai termini usati, infatti la sentinella aveva chiesto il numero solo delle "figlie", non di tutti i suoi figli nella totalità. «Una volta mia zia ha detto: "La regina Vittoria aveva così tante figlie da poterci fare una piccola sfilata"» disse Sarah, ragionando a voce alta. «Io so bene quante modelle servono circa per una sfilata. Quindici modelle almeno. Una "piccola sfilata" significa che aveva probabilmente meno della metà di quindici figlie. E dato che, se non sbaglio, la regina aveva nove figli in totale... cinque figlie? Per caso aveva cinque figlie?» tentò Sarah, giocandosi il tutto e per tutto.

Il suo intuito venne premiato, in quanto, con uno sguardo ancor più stizzito di prima, la sentinella disse: «Corretto». Poi passò subito oltre: «Terza domanda: qual è il nome della dea che si innamorò di Narciso e qual è la sua storia?»

Sam rivolse uno sguardo torvo alla sentinella, rispondendo prontamente: «Stai barando: non fu una dea ad innamorarsi di Narciso, ma una ninfa: Eco. Eco era una ninfa che abitava nei boschi. Zeus approfittava sempre dell'abilità della ninfa di raccontare belle storie perché intrattenesse sua moglie Era, in modo da poter scappare e incontrare le sue amanti. Ma un giorno Era si accorse dell'inganno e punì Eco maledicendola: da allora avrebbe potuto pronunciare solo l'ultima sillaba della parola di colui che le parlava» concluse fieramente Sam. «Non te l'hanno mai detto che non si gioca slealmente?» aggiunse.

Quella divinità credeva che lui fosse esperto solo di mitologia egizia, ma si sbagliava di grosso. Sam conosceva le mitologie di un sacco di culture diverse e lontane tra loro, in quanto leggeva molto non solo libri sull'Antico Egitto, bensì si informava su qualsiasi cosa.
Capendo di non potersi più permettere di barare, in quanto quei ragazzi l'avrebbero smascherata, la sentinella continuò con gli indovinelli, giocando lealmente. Persistette fin quando non arrivò a venti indovinelli, tutti abilmente indovinati da ognuno dei tre ragazzini, i quali erano molto più intelligenti e astuti di quanto si aspettasse. Sarah aveva un intuito fuori dalla norma, il suo istinto, la sua buona memoria e la sua furbizia la avvantaggiavano tantissimo in quel genere di giochi. Alex, invece, era un genio non solo di tecnologia, di robotica e di social network, ma anche di codici, di matematica, ed era persino uno spettatore accanito di tantissime serie tv differenti. Per non parlare di Sam, che con il suo immenso bagaglio di letture e di conoscenze di ogni tipo, non solo

sull'Antico Egitto, ma su qualsiasi cultura passata, le indovinava quasi tutte.
«Ora basta! Non è possibile che li abbiate indovinate tutte!»
«E invece è proprio possibile, demone» replicò Sarah puntando le mani sui fianchi, con tutta l'intenzione di farla arrabbiare ancor di più.
«Dio!! Sono un dio!!!» urlò potentemente la divinità, con lo scopo di spaventarli e farli scappare a gambe levate. Ma i tre rimasero davanti a lei, coraggiosi e imperturbabili. A ciò, la sentinella decise una volta per tutte di distruggerli con il suo potere, ma poco prima di farlo, Sam parlò: «Abbiamo fatto un patto, ricordi? Suggellato con i nostri mignoli» gli ricordò, alzando la mano verso l'alto: il suo dito più piccolo era ancora circondato dall'"anello" bianco, così come quello della divinità. Questa, in uno scatto d'ira, provò a impugnare la mano verso i tre ragazzini, con l'intenzione di colpirli, ma nel momento in cui lo fece l'anello bianco sul suo mignolo bruciò, provocandole una brutta cicatrice, sempre più dolorosa. La sentinella ritirò la mano indietro e gridò di dolore.

Non poteva infrangere il patto. Era vincolata per l'eternità a mantenere la parola. Con uno sbuffo sconfitto si fece da parte e aprì loro la Sacra Porta che li avrebbe condotti dentro la Stanza del Giudizio.

Felici del risultato ottenuto e di aver trionfato unendo le loro forze, i tre iniziarono a correre verso la stanza al di là della porta, ma poco prima di raggiungerla udirono la voce diabolica della sentinella: «Vi ho promesso che vi avrei fatti passare... ma non vi ho promesso che vi avrei fatti passare sani e salvi!» urlò col suo vocione terrificante, ridendo malefica. Detto ciò, col suo potere divino fece crollare il pavimento fino a formare una voragine profondissima intorno ai tre ragazzi. Sam, Sarah e Alex si strinsero tra loro, per rimanere in equilibrio sopra l'unico pezzo di terra rimasto integro. Intorno a loro c'era il vuoto. La Stanza del Giudizio, da cui veniva sprigionata quella luce accecante, era a pochi metri da loro, ma non potevano raggiungerla.

A ciò, la lucidità e la velocità di pensiero di Sarah ebbero la meglio: «Ragazzi, abbiamo ancora gli zaini con noi! Prendete le corde, ma fate attenzione a non cadere nel farlo» li spronò con decisione e calma, mentre si muoveva a sua volta.

Sam e Alex obbedirono e, quando tutti ebbero in mano le corde spesse e lunghe che si erano portati dietro, Sarah guardò Sam. «Quando abbiamo fatto la nostra gita la prima volta hai detto che fai atletica, giusto?» gli domandò.

«Sì, perché?»

A ciò, anche Alex comprese cosa stesse proponendo Sarah: «Vuole che salti!» gli spiegò. «Ad atletica fai anche salto in alto e in lungo, vero?»
Sam sgranò gli occhi chiari, guardando prima uno poi l'altra. «Non starete dicendo sul serio... non so saltare così in là!»
«Se non lo farai rimarremo intrappolati tutti e tre qui, fin quando non arriveranno gli alieni e il mondo verrà distrutto!» esclamò Sarah, guardandolo fiduciosa. «Salta fino a quel ciglio, poi noi ti tireremo le corde e tu ci porterai dall'altra parte, uno per uno. Dobbiamo farlo in fretta perché il fascio di luce diventa sempre più potente!» aggiunse la ragazzina.
«E se non dovessi farcela? E se cadessi nel vuoto? Se dovessi cadere, anche voi due sareste spacciati» disse Sam, pieno di dubbi e preoccupazioni.
«Sam, abbiamo bisogno delle tue gambe. Subito. Noi ci fidiamo di te. Ce la farai» quell'ultimo incoraggiamento di Alex fu la spinta che gli serviva per decidersi a saltare.

Sam prese un bel respiro, chiuse gli occhi e si concentrò sul proprio corpo, come faceva sempre quando doveva saltare.
Fu un attimo. Le sue gambe si diedero la spinta e saltarono il più a lungo possibile, raggiungendo per un pelo il ciglio di terra che si affacciava sulla Stanza del Giudizio. Gli altri due urlarono di gioia e di fierezza.

Come deciso, gli lanciarono le corde, uno alla volta, e Sam li tirò su, con pazienza e tenacia.
Giunti tutti e tre dall'altra parte, Sam, Sarah e Alex posarono gli occhi sull'immenso fascio di luce che aveva invaso la stanza, ma li richiusero subito, accecati dolorosamente da quel bianco intenso. Da lì in poi, non sapevano cosa fare.

CAPITOLO 5

Sam, Alex e Sarah si avvicinarono al fascio di luce potentissimo che proveniva da una fonte specifica, in mezzo alla stanza, tenendo gli occhi chiusi. Temevano che, se li avessero aperti, sarebbero rimasti accecati a vita. Si tennero la mano per darsi un punto di riferimento e procedere tutti insieme, fin quando non arrivarono nel centro della stanza, da dove si irradiava il fascio totalizzante, che emetteva anche calore.

I tre ragazzi allungarono una mano tutti insieme e la posarono su quella che si accorsero essere una teca, dove all'interno era contenuto qualcosa di potentissimo: un cuore brillante quanto la luce stesse che irradiava.
Da quel momento in poi, i tre vennero trascinati in una sorta di flashback, ambientato quasi 4496 anni prima:

Il loro pianeta, Leviatan, era stato distrutto. Invaso da una razza aliena, molto più potente di loro. Avevano armi più avanzate, un'intelligenza oltre la norma, ed avevano raggiunto un grado di progresso superiore al loro. Non seppero mai come si chiamasse quella mostruosa razza di invasori, né come si chiamasse il pianeta da cui provenivano.

Quel giorno, il giorno della strage, invasero Leviatan all'alba, senza preavviso, sterminando uomini, donne, bambini, e quasi tutte le stirpi di regnanti che governavano Leviatan. I leviatanesi superstiti si ritrovarono improvvisamente senza una casa, senza una meta da raggiungere, spogliati di tutti i loro averi, in fin di vita. La loro possibilità era una soltanto: usare le loro ultime risorse per raggiungere un altro pianeta, un pianeta prosperoso in cui avrebbero potuto ricostruirsi una vita e dimenticare il passato. Tuttavia, c'era solo un modo per affrontare un viaggio spazio-temporale di quel tipo, attraversando l'universo indenni: serviva un sacrificio. Il cuore di uno dei leviatanesi, luminoso più del sole stesso, era l'unica chiave per aprire un passaggio. Così, i pochi superstiti compirono la scelta più dura della loro vita. Raggiunsero una delle loro altissime piramidi, una delle poche non ancora occupate dagli alieni, in quanto il passaggio poteva aprirsi solo

e solamente se veniva aperto dentro una piramide: la forma triangolare con la punta rivolta verso il cielo aveva un valore sacro per i loro dèi, e permetteva alla luce del cuore di irradiarsi nella giusta direzione, verso il cielo, senza disperdersi, accecando tutti. Per tale motivo i leviatanesi sapevano che, se il portale avesse funzionato, li avrebbe sicuramente condotti verso un pianeta in cui erano presenti delle piramidi come le loro, altrimenti il procedimento non sarebbe andato a buon fine.

I leviatanesi erano alti circa quattro metri, per lo meno gli uomini adulti che avevano raggiunto il massimo della maturità; mentre le donne arrivavano massimo a tre metri e mezzo, e i bambini a due metri.

I loro corpi erano snelli, tonici e asciutti. Le donne non erano formose, bensì spigolose come gli uomini, androgine. I loro colori (quelli della loro pelle, dei loro occhi e dei capelli) erano abbaglianti, quasi accecanti per qualsiasi essere terrestre: la loro pelle poteva essere o argentata o d'avorio, o bianca lattea; i loro folti capelli erano solitamente di diverse tonalità di blu o di bianco; mentre gli occhi, grandi e affilati, potevano variare dall'oro, all'argento e al verde. Ma ognuno di questi colori era talmente brillante da sprigionare una luce a neon, a tratti fosforescente. Quando i leviatanesi morivano, i loro capelli e i loro occhi diventavano neri.

L'unico principe leviatanese rimasto in vita si offrì di togliersi la vita, per usare il proprio cuore per permettere ai pochi superstiti di aprire il portale e salvarsi. Il suo nome era Eiveen, ed era il più giovane dei figli maschi del re Helraisen. La razza aliena aveva ucciso il re e la regina e tutti i suoi fratelli e sorelle, tranne una, la più piccola della stirpe, la principessina Ariss. Gli anni per i leviatanesi scorrevano diversamente, in quanto erano considerati bambini fino ai 300 anni di età, adulti dai 300 fino ai 2000 anni, e vecchi dai 2000 ai 3000.

Ma quando il principe si offrì volontario, i suoi sudditi superstiti gli dissero che non poteva essere lui a togliersi la vita, in quanto lui era il loro regnante e aveva il compito di guidarli nel pianeta in cui avrebbero approdato. A ciò, fu un altro leviatanese a togliersi la vita e a donare il cuore al suo posto, un suo fedele servitore.

Con le lacrime agli occhi a causa di quel necessario sacrificio, il principe Eiveen pose il cuore nel punto centrale della piramide, poco prima che gli invasori penetrassero anche lì. Il cuore sprigionò il suo fascio di luce accecante e permise loro di raggiungere il pianeta Terra.

I leviatanesi non erano a conoscenza di quel pianeta, facente parte del sistema solare e, a quanto pare, neanche i terrestri erano a conoscenza dei leviatanesi... ma il problema era che i terrestri non credevano neanche nell'esistenza di razze aliene in generale, motivo per cui fu uno shock per loro trovarsi quei giganti luminescenti davanti agli occhi. Scoprirono che si trovavano in un luogo della Terra chiamato "Egitto", l'unico posto in cui c'erano delle piramidi, simili a quelle che loro avevano a Leviatan. Si accorsero subito anche che la cultura degli egizi somigliava alla loro: i loro abiti erano quasi gli stessi, con la differenza che quelli dei leviatanesi erano di colori chiari e luminescenti; così come le piramidi erano davvero simili, e persino la lingua e il sistema di regnanti. Scoprirono che i faraoni in Egitto corrispondevano ai re a Leviatan, così, appena arrivati, il principe Eiveen chiese udienza al faraone che regnava a quel tempo: Khaneferra. Il principe di quella razza aliena aveva la pelle d'argento, i capelli di un blu elettrico e gli occhi d'oro puro; mentre sua sorella, la principessa, aveva la pelle bianca come il bianco più accecante, gli occhi d'argento e i capelli di un pervinca chiarissimo. Il faraone ne fu affascinato e spaventato insieme inizialmente. Il principe gli aveva spiegato ogni cosa e lo aveva rassicurato sul fatto che non fossero giunti lì sulla Terra per invaderli, bensì per trovare una nuova casa temporanea, per riprendersi dalle loro ingenti perdite. Gli aveva garantito che avrebbero collaborato con loro in tutto e per tutto e che, grazie alla loro statura e prestanza evidentemente maggiore rispetto agli esseri umani, gli sarebbero stati molto utili nella costruzione di altre piramidi. In quello erano ben più che specializzati. Sarebbe stato uno scambio equo tra culture, e il faraone accettò.

Nei seguenti due anni, gli egizi impararono molto dai giganti leviatanesi, e altrettanto fecero questi ultimi: gli alieni iniziarono a servire gli dei egizi, le loro lingue e le loro scritture si miscelarono, molti di loro diventarono persino amici stretti gli uni con gli altri. Gli alieni erano certamente più avanti di loro su una miriade di cose, ma gli egizi tentarono di tenere il loro passo. Per quei due anni non ci fu mai discriminazione tra loro. Poi, però, voci insinuanti iniziarono a circolare tra i servitori del faraone, voci che temevano una prevalsa della razza aliena su di loro: d'altronde, i leviatanesi erano sia molto più alti e prestanti fisicamente, sia più intelligenti, e conoscevano/padroneggiavano un mucchio di cose di cui loro non avevano neanche idea. Per esempio, i leviatanesi esercitavano abilmente anche l'arte della magia. Erano bellissimi alla vista, la loro pelle e i loro occhi sarebbero valsi una fortuna in denaro, se venduti a qualche mercante straniero. Quei pensieri dannosi si insinuarono sempre più in profondità nella mente del faraone Khaneferra, il quale era combattuto tra l'affezione che lo legava al principe Eiveen e il timore di deludere i suoi servitori e i suoi sudditi. Alla fine, prevalse la paura.

Dopo due anni di pace, il faraone decise di rapire la cosa più preziosa che il principe Eiveen aveva: sua sorella, la bella e dolce principessa Ariss. La scelta ricadde su Ariss soprattutto perché era alta solo due metri essendo ancora una bambina, dunque sarebbe stato relativamente più facile avere la meglio su di lei. Nonostante tutto, gli egizi non si illusero di riuscire a rapire un'aliena alta due metri, che poteva persino padroneggiare la magia, motivo per cui utilizzarono quello che sapevano essere l'unico punto debole dei leviatanesi: l'ossidiana. L'ossidiana era una pietra nera dall'energia tendenzialmente negativa che era in grado di indebolire notevolmente gli alieni, tanto da farli svenire se a contatto prolungato col loro corpo. A Leviatan non esisteva quella pietra malvagia, difatti il principe Eiveen aveva scoperto quel punto debole solo perchè, un giorno, la sorella del faraone che indossava una collana d'ossidiana lo aveva sfiorato, provocandogli un dolore incomprensibile. Così, armati di chili e chili di ossidiana, i servitori

del faraone rapirono la principessa Ariss durante la notte, senza farsi scoprire dal fratello, né da nessun altro. La mattina dopo, quando il danno era fatto, il faraone diede al principe Eiveen e al suo popolo un ultimatum: se non avessero lasciato immediatamente il pianeta Terra, avrebbero ucciso la principessa Ariss.

A ciò, infuriato, il principe aveva spiegato loro che non c'era un modo per tornare indietro, mentendo, in quanto se gli egizi avessero scoperto quale fosse l'unico modo per riaprire il portale, avrebbero sicuramente ucciso Ariss, usando il suo cuore per riuscire nell'intento. I giorni trascorsero, Ariss rimase prigioniera nei sotterranei della piramide da cui erano arrivati, e il principe non sapeva più cosa fare per avere la meglio: erano ancora troppo pochi per iniziare una guerra contro quei terrestri, nonostante la superiorità fisica. Non erano militarmente organizzati in quel pianeta straniero, inoltre, loro non erano dei sanguinari. Se avessero mosso guerra contro gli egizi, ci sarebbero state milioni di vittime. Anche l'uso della magia era escluso, in quanto i leviatanesi la usavano solo in casi estremi, e non sempre gli dei concedevano loro il potere di utilizzarla. Se Eiveen avesse chiesto agli dei il potere di usarla solo per motivi egoistici, gli dei avrebbero potuto togliergli il loro favore e non permettergli mai più di

maneggiarla. Ariss, intanto, conoscendo dentro di sé il bivio intramontabile che doveva star vivendo il suo amato fratello, prese un'ardua decisione, dettata dal suo cuore buono e puro, colmo d'amore per la sua gente e per Eiveen. Una notte, la piccola Ariss fece violenza a se stessa e usò un pezzo di ossidiana appuntito per pugnalarsi, portandosi alla morte. In quel modo, suo fratello avrebbe avuto il mezzo per riaprire il portale e fuggire via da quegli egizi, rivelatisi un popolo vigliacco e crudele: il suo cuore.
Quando il faraone scoprì il gesto (ai suoi occhi inspiegabile) compiuto dalla principessa Ariss ne fu sconvolto, intristito e, pieno di senso di colpa, avvertì il principe Eiveen.

La consapevolezza della morte dell'ultimo membro della sua famiglia accese nell'animo del principe una furia mai vista prima d'ora, in quanto i leviatanesi erano conosciuti nell'universo come un popolo pacifico. Per la prima volta nella storia, un abitante di Leviatan divenne talmente furioso e bramante di vendetta, da mutare il proprio cuore e la propria natura. I suoi lunghi capelli blu si scurirono e divennero neri corvini, così come i suoi occhi. Il sovrano alieno chiese aiuto ad Amon Ra, il dio egizio supremo che aveva imparato ad adorare in quei due anni, fregandosene di fargli una richiesta egoistica: pregò Ra e lo supplicò di concedergli la forza magica necessaria a vendicarsi atrocemente di quei terrestri vili e infami, che gli avevano portato via tutto ciò che aveva, spezzandogli l'animo per sempre. Sorprendentemente, Ra gli concesse tutta la sua forza, sostenendolo: a ciò, Eiveen lanciò una potentissima maledizione, incidendo l'antica pergamena che i tre ragazzi del futuro avevano trovato, perduta tra le sabbie. Nella pergamena veniva profetizzata la fine del mondo degli esseri umani, l'apocalisse, l'invasione futura dei leviatanesi sui terrestri. Eiveen decise di posticipare così in là negli anni quella vendetta perché il suo popolo aveva bisogno di tutto il tempo disponibile per trovare un nuovo pianeta da abitare, riprendersi, ripopolarsi e prepararsi militarmente per l'invasione più violenta e sanguinaria di sempre. Per proteggere il cuore della sua Ariss fino a quel giorno lontanissimo nel tempo, Eiveen lo chiuse in una teca impenetrabile, in quella stanza segreta delimitata da una sacra porta, ponendo una sentinella a sorvegliarla, nel caso qualcuno fosse giunto lì. Il giorno in cui Ariss si era tolta la vita offrendo il cuore per il bene del proprio popolo venne chiamato il Giorno Funesto. A quel punto, terrorizzati per ciò che avevano scioccamente provocato, il faraone Khaneferra e i suoi sudditi videro i leviatanesi aprire il portale e volatilizzarsi, immersi in quel fascio di luce accecante. Ora, nonostante il principe Eiveen fosse morto di vecchiaia da mille anni, sua figlia, la principessa

Ulkiriss, portava in sé lo stesso devastante desiderio di vendetta tramandato da suo padre: era nata con i capelli neri e gli occhi neri, come la notte più nera, e fin da piccola era stata addestrata per essere una guerriera, così come i suoi sudditi, oramai moltiplicatisi esponenzialmente. Ulkiriss e i suoi milioni di guerrieri leviatanesi erano pronti, e aspettavano solo che il portale si aprisse completamente, per adempiere la profezia.

CAPITOLO 6

Il flashback terminò e i tre si ritrovarono catapultati nella realtà, con le mani ancora immerse nel fascio di luce accecante. Le loro dita erano sopra la teca che conteneva il cuore di Ariss. Ora lo sapevano. Quella fonte di luce proiettata potentemente verso il cielo era il cuore della principessa aliena.

Ora che tutto era chiaro i loro cuori si strinsero tra loro per la tristezza, ma non avevano nessuna intenzione di mollare. Avrebbero combattuto anche contro un'orda di alieni alti quattro metri se fosse stato necessario.

«Dobbiamo capire come fare a chiudere il portale» ruppe il silenzio Alex.

«Proviamo a rompere la teca» suggerì Sam. Così i due ragazzi iniziarono a tentare in ogni modo di rompere quella teca inscalfibile, tramite pugni, corde, coltellini e qualsiasi altro oggetto avessero a disposizione.

A quel punto, con l'animo colmo di dolore per ciò che aveva da poco visto, a Sarah tornarono in mente dei ricordi. Ricordi che corrispondevano a tutte le volte in cui le sue ex amiche avevano litigato con lei. Ora che ci pensava, era sempre la stessa storia: loro si arrabbiavano con lei o per il suo atteggiamento arrogante, o per un torto subìto da lei, oppure perché le chiedevano sostegno e conforto, ma lei non era mai in grado di darglielo. Ogni volta che le sue amiche la accusavano di qualcosa di lecito, lei si arrabbiava e non capiva più niente. Non si era mai fatta un esame di coscienza, non si era mai resa conto di aver sbagliato, non aveva mai e poi mai chiesto scusa. Per questo aveva perso tutte le sue amiche. Ora lo capiva, ora le era tutto chiaro. Ma non sarebbe successo di nuovo, mai più. Forse, la chiave per risolvere tutto, era chiedere scusa.

A ciò, Sarah si mosse all'improvviso, facendo una cosa inaspettata agli occhi degli altri due, qualcosa che bloccò ogni loro tentativo di rompere la teca con la forza: si buttò addosso alla teca e la abbracciò. Abbracciò quel cubo quadrato che sprigionava una luce che la stava quasi accecando, chiudendo gli occhi e gridando con tutto il fiato che aveva in gola: «Mi dispiace!! Mi dispiace tanto! Ti chiedo scusa, Ariss, per tutto quello che vi abbiamo fatto! Non meritavate di essere trattati così, no!! Non lo meritavate!! Voi siete stati così buoni con noi, e noi avremmo solo dovuto accoglier vi e donarvi amore!! Abbiamo sbagliato, è colpa nostra!!»

Sam e Alex rimasero sinceramente impietriti e commossi da tale esternazione.

E mentre la loro amica gridava quelle parole di scuse, la teca si sgretolò da sola, lasciando libero il cuore di Ariss, così Sarah cominciò ad abbracciare forte direttamente il cuore della principessa, stringendolo, piangendo e continuando a scusarsi. Ma, ad un tratto, da quel fascio di luce oramai divenuto troppo potente, fuoriuscì una presenza, una figura femminile alta almeno tre metri e mezzo, slanciata, felina, che indossava un'armatura da battaglia spaventosa. Capirono subito di chi si trattasse: doveva essere la principessa Ulkiriss, figlia del defunto Eiveen, colei che ora era a capo dell'esercito assetato di sangue di leviatanesi. L'aliena aveva lunghissimi capelli neri, gli occhi dello stesso colore, e la pelle argentea, il suo aspetto ricordava moltissimo quello di suo padre. I suoi occhi sprizzavano fuoco e desiderio di vendetta da ogni poro.

Alex e Sam impallidirono a quella vista, ma rimasero fermi nella loro posizione, mentre l'altissima aliena si avvicinava minacciosamente a loro con le armi sguainate.

«Datemi un solo motivo per cui dovrei dire al mio esercito che a breve mi raggiungerà di risparmiarvi la vita» sibilò, pronta ad ucciderli.
«Perché noi non siamo gli stessi che vi hanno tradito, cacciato e provocato la morte di Ariss» rispose prontamente Sam, fronteggiandola, nonostante fosse costretto ad indietreggiare, poiché Ulkiriss stava avanzando verso di lui puntandogli l'enorme spada alla gola. «Sono passati più di 4000 anni, per noi è moltissimo tempo, dato che viviamo massimo 100 anni. Quelle che vi hanno fatto del male erano persone, esseri umani completamente diversi da noi. Noi non vi abbiamo fatto niente, siamo innocenti» insistette con coraggio.
«Nessuno mi garantisce che voi non avreste fatto la stessa cosa al loro posto, o peggio. I terrestri sono tutti marci. E poi... è giusto che i discendenti paghino le colpe dei loro padri!» esclamò facendo cadere Sam a terra e spingendo la lama della spada sulla sua gola, decisa ad ucciderlo.
A ciò, il biondo la fissò di nuovo negli occhi dal basso, sopportando il dolore della spada che premeva sul suo collo. «Posso immaginare come si possa esser sentito tuo padre: anche io ho una sorella e se qualcuno dovesse farle del male, io... perderei la testa. Ma io non mi arrendo. Non ci arrenderemo mai. Questa è casa nostra, e noi la difenderemo con le unghie e con i denti a qualsiasi costo. So che mi capisci.

Anche tuo padre e Ariss hanno difeso il loro popolo strenuamente, fino alla morte. Noi non siamo diversi, non lo siamo mai stati. Ci somigliamo più di quanto tu creda. E no, non puoi condannarci per degli errori che non abbiamo commesso. Noi siamo persone ragionevoli e pacifiche, così come lo sono i nostri cari. Stermineresti a sangue freddo un'intera razza, composta da donne, bambini, anziani, persone innocenti che non sanno neanche chi siete? Non credo che siate questo. So che siete un popolo pacifico. Perché non far terminare l'odio? Noi vi chiediamo scusa, sapendo che per voi è impossibile dimenticare. Ma forse, forse potete almeno perdonarci» concluse Sam.

A quanto sembrava, quel discorso aveva smosso qualcosa di profondo nell'anima della principessa guerriera. Ulkiriss depose l'arma e guardò il ragazzino sdraiato a terra come se lo avesse visto per la prima volta. Il suo sguardo cambiò, divenendo meno rabbioso e più combattuto. L'aliena aveva capito che quei tre ragazzini erano desiderosi di difendere il loro popolo con la stessa forza e determinazione con cui lo avrebbe fatto lei, e suo padre prima di lei. Non erano poi così diversi, aveva ragione. Ed ora, ora si erano scusati per i peccati commessi dai loro avi, pur non avendoli commessi in prima persona. Ma Ulkiriss non sapeva se potesse perdonarli. La sua rabbia l'aveva sempre guidata, sin dalla nascita, da quando suo padre ogni sera le raccontava il tremendo torto subìto, e la tragica morte della sua amata sorella Ariss. Era stata addestrata per portare rancore e per combattere, fino alla morte. In cuor suo sapeva che avrebbe potuto dare loro una seconda possibilità ma, nei fatti, non era certa che sarebbe stata capace di farlo.

Poi, improvvisamente, si intromise anche l'altro ragazzino, quello con i capelli rossi.

Alex guardò dal basso la principessa Ulkiriss e si mise in mezzo, tra lei e l'amico. Le sorrise con un sorriso piccolo, umile e sincero, mostrandole ciò che aveva tra le mani: all'aliena sembrò un dispositivo tecnologico.

«So che avete una tecnologia molto avanzata, ho avuto modo di scoprirlo poco fa, con il marchingegno che avete posto a difesa di questa Stanza del Giudizio. Tuttavia, vorrei comunque donarti qualcosa, qualcosa che forse non avete» cominciò Alex, alzando il proprio smartphone verso l'aliena. Sopra lo schermo appariva l'icona di una nuovissima app ancora in fase di sperimentazione. «Qui dentro c'è una nuova applicazione basata su una particolare tecnologia di AI. L'intelligenza artificiale al suo interno permette di ricostruire completamente l'aspetto fisico e in alcuni casi anche la voce di una persona defunta, solo basandosi sui ricordi di qualcuno» spiegò Alex.

«Potrai vedere tua zia e persino sentire la sua voce, nonostante tu non l'abbia mai conosciuta. Immagino tuo padre ti abbia parlato molto di lei, e che ti manchi. Hai sempre desiderato conoscerla. Ora puoi farlo, in un certo senso» concluse, sorridendole tristemente e porgendole lo smartphone. «Non possiamo ridarti lei, purtroppo, anche se lo vorremmo con tutto il cuore. Però possiamo donarti questo. Accetta il nostro dono, ti prego».

A ciò, Ulkiriss accolse il regalo di Alex, prendendo finalmente la sua sofferta decisione: avrebbe risparmiato gli esseri umani. Se i terrestri erano come quei tre, allora valeva la pena lasciarli in vita e dimenticare i rancori passati. Avrebbe riniziato daccapo. La principessa aliena si voltò verso il cuore che aveva aperto il portale, sapendo che a breve l'avrebbero raggiunta anche i suoi soldati. Notò che la terza ragazzina era rimasta per tutto il tempo abbracciata stretta al cuore di Ariss, piangendo e domandandole scusa. La stringeva come fosse qualcosa di preziosissimo, incurante della luce immensa che emetteva, la quale la stava quasi accecando anche ad occhi chiusi.

Ne fu commossa.

«Tornerò indietro e vi lascerò in vita» decretò dirigendosi verso il fascio di luce. «Ma voi dovrete richiudere immediatamente il portale non appena sarò tornata indietro. L'unico modo per chiuderlo è distruggere il cuore di Ariss».

Sam e Alex annuirono, sorridendole, vedendola svanire in quella luce sconfinata, con la stessa velocità con la quale era apparsa.
Si avvicinarono a Sarah e le poggiarono una mano sulla spalla.
«È finita, Sarah. Ora dobbiamo chiudere il portale» la incoraggiò Alex.
«Ti sei scusata abbastanza con Ariss. Ora dovremmo distruggere il cuore, Ulkiriss ha detto che non c'è altro modo» la informò con dolcezza Sam.
«No! Non voglio farlo... non voglio distruggerlo» rispose Sarah stringendo maggiormente il cuore. «Lei ha già sofferto abbastanza...»
In quel momento fu come se Sarah udisse la vera voce di Ariss, dolce, carezzevole e calda, che la rassicurava:
Grazie, Sarah. Ti ringrazio di esserti presa cura di me, di esserti scusata e di avermi fatto sentire per l'ultima volta il calore e l'amore. Addio, amica mia.
E quando quella voce svanì dalla mente di Sarah, il cuore si sgretolò in tanti piccoli granelli luminescenti, che si dispersero nell'aria, svanendo.
La Stanza del Giudizio era di nuovo buia, il fascio di luce era scomparso, il portale era chiuso. Niente più teca e niente più cuore.

Erano soli, loro tre, e avevano salvato il mondo insieme, unendo le forze.
«Voi due...! Datemi immediatamente un abbraccio!» esclamò Alex con voce rotta, aprendo le braccia. Sam e Sarah lo accontentarono subito buttandoglisi addosso, abbracciandosi tutti e tre strettamente.

Quando tornarono all'hotel, i loro genitori gli diedero un'altra bella strigliata di orecchie per essere spariti tutto il giorno senza lasciare traccia, ma stavolta la presero bene. D'altronde, avevano salvato il mondo. Qualsiasi punizione o rimprovero ne valeva la pena.
I giorni seguenti, i tre si godettero il restante della vacanza stando sempre insieme, rilassandosi in piscina, passeggiando per la città e trascorrendo ore in camera gli uni degli altri a parlare di tutto e di più. Gli ultimi giorni la nostalgia cominciò ad invaderli, in quanto sapevano che presto Sam e Alex avrebbero fatto ritorno nel loro paese natale, mentre Sarah sarebbe rimasta lì. Tuttavia, si ripromisero che si sarebbero tenuti sempre in contatto, e che presto si sarebbero andati a trovare a vicenda.

L'ultimo giorno, mentre erano in costume in piscina a godersi il bel sole, chiacchierando sullo sdraio, intravidero una

presenza che non si aspettavano minimamente di vedere: Sadiki era in piedi all'entrata della piscina, col suo abbigliamento strampalato e un sorriso a trentadue denti, che li salutava amichevolmente. Il vecchio archeologo si avvicinò a loro e si sedette accanto a Sarah. «Allora... immagino abbiate impedito l'apocalisse se siamo tutti ancora qui!» esclamò felice.
«Mmm cosa te lo fa dire?» rispose sarcasticamente Sarah.
«Non con il tuo aiuto» lo punzecchiò Alex.
«Beh il mio aiuto non è servito, no??» replicò il vecchio, poi spostando lo sguardo sul biondino. «Come vanno gli incubi?» gli domandò.
«Meglio, grazie» rispose Sam.
Sadiki notò come il ragazzino avesse ripreso colorito (e anche un po' di sole), come i suoi occhi luminosi esprimessero vitalità ed energia. «Ti trovo molto meglio rispetto all'ultima volta, ora non sembri più malato. Siete cambiati molto grazie a questa esperienza, ognuno di voi, Samuel, Sarah e Alessandro» affermò osservandoli tutti. «Sono davvero curioso di sapere cosa abbiate vissuto dentro quella piramide» aggiunse.
A ciò, i tre si lanciarono uno sguardo complice, sorridendo mentre bevevano il proprio smoothie fresco.
«Beh, c'è sempre il tempo di sobbarcarsi in un'altra avventura, no?» disse casualmente il vecchio, facendoli impietrire tutti. «Sapete, ho trovato un'altra pergamena che dice che...» ma non

fece in tempo a terminare la frase, che i tre ragazzi lo spinsero in sincrono dentro la piscina, facendogli fare un bel tuffo e ridendo spensierati.

FINE

Printed by Amazon Italia Logistica S.r.l.
Torrazza Piemonte (TO), Italy

60388025R00060